AF194570

Bibliografische Information der Deutschen Nationalbibliothek:
Die Deutsche Nationalbibliothek verzeichnet diese Publikation
in der Deutschen Nationalbibliografie;
detaillierte bibliografische
Daten sind im Internet über http://dnb.dnb.de abrufbar.

1. Auflage: 2013 bei Persimplex Verlag
2. Auflage: 2018 bei BoD
3. Auflage: 2019 bei BoD
4. Auflage: 2023 bei BoD

Cover & Illustration: Michael Franke

Herstellung und Verlag:
BoD – Books on Demand, Norderstedt

ISBN: 9783752867336

Der Ring des Jodlers

von

Nikolas Sternfuchs

Vorwort zur Neuauflage

Ich schrieb dieses Buch, dessen erste Auflage vor genau zehn Jahren, im August 2013, veröffentlicht wurde, bereits im Zeitraum von 2007 bis 2010, also in der ersten und frühen zweiten Legislaturperiode von Angela Merkel, als das Dschungelcamp noch von Dirk Bach mitmoderiert wurde.

Die Handlung ist eine satirische Fantasy-Komödie, die Elemente und Personen aus berühmten Fantasy-Werken, sowie aus Märchen, TV-Sendungen, der wilhelminischen Epoche, der NS-Epoche und der während des Schreibens aktuell gewesenen Politik parodiert und miteinander verknüpft.

Anlässlich des zehnjährigen Veröffentlichungsjubiläums habe ich den Text noch einmal überarbeitet und präsentiere mit dieser Neuauflage die verbesserte Endfassung.

August 2023

Nikolas Sternfuchs

Prolog

Vor vielen Jahrtausenden, lange bevor die ersten Menschen von betrunkenen Göttern erschaffen wurden, stand die *Mittlere Märchenwelt* unter der Herrschaft einer besonderen Spezies von Wichtelmännchen.

Hierbei handelte es sich um die legendäre Spezies der Kobolde, die an ihrer hellgrünen Haut, ihren langen Spitzohren und ihrer großen Klappe leicht zu erkennen waren.

Diese kleinen Kerlchen entwickelten im *Goldigen Wichtel-Zeitalter* eine moderne Zivilisation, die später von den Menschen auf ziemlich dilettantische Art kopiert wurde.

Im Herzen der Mittleren Märchenwelt lag das Kaiserreich Teutomania, das zunächst von Willy I. und danach von Willy II. regiert wurde.

Letzterer war ein Kobold, dem der gesunde Wichtelverstand fehlte, doch dafür besaß er eine schicke Uniform, ein blank poliertes Monokel und einen ordentlich gezwirbelten Schnurrbart. Trotz dieser Vorzüge hätte er sich wohl nicht allzu lange auf dem Kaiserthron halten können, wenn er nicht außerdem noch einen magischen Säbel besessen hätte, der einst von zauberkundigen Zwergen geschmiedet worden war.

Wann immer Kaiser Willy diesen Säbel zog, um damit wild herum zu fuchteln, beschwor er zugleich die Treue seiner Untertanen und den Respekt der anderen Koboldnationen herauf, wodurch der Frieden in der Märchenwelt noch eine Weile erhalten blieb. Doch irgendwann kam es, wie es kommen musste, als sich ein diebisches Heinzelmännchen einen Spaß daraus machte, den Säbel des Kaiserkobolds verschwinden zu lassen.

Das war eine Katastrophe, denn mit seinem Säbel verlor Kaiser Willy auch seine ganze Autorität, was zur Folge hatte, dass er im Reichstag nicht mehr ernst genommen wurde und nun als Opfer für die dreisten Späße der Abgeordneten herhalten musste.

Als es die Politiker zu bunt trieben, zog sich der beleidigte Kaiserkobold in sein Spielzimmer zurück und suchte Zuflucht bei seinen Zinnsoldaten und seiner elektrischen Eisenbahn.

Fortan blieb er dem öffentlichen Leben fern, woraufhin die teutomanische Politik allmählich aus den Fugen geriet und im Reichstag wüste Orgien mit strippenden Elfen, sabbernden Zwergen und grabschenden Halblingen veranstaltet wurden.

Die teutomanischen Politiker feierten eine Orgie nach der anderen, wobei sie es in ihrer Nachlässigkeit versäumten, auch die Regierungsmitglieder der anderen großen Koboldreiche zu ihren wilden Partys einzuladen. Dieses Versäumnis verursachte brisante außenpolitische Spannungen, die noch durch den Anstoß erregenden Umstand verschärft wurden, dass die Teutomanen sämtliche Stripperinnen aus dem Elfenvolk für ganze zehn Jahre gebucht hatten, sodass die Regierungen anderer Koboldstaaten nicht in der Lage waren, in ihren eigenen Parlamenten vergleichbare Partys zu veranstalten.

Diese Ungerechtigkeit führte schon bald zur Bildung einer militärpolitischen Allianz zwischen den Regierungen von Franziskania, Großbrimboria und Rustikalia.

Die Alliierten schrieben einen eindringlichen Brief an die teutomanische Regierung, worin sie offen mit Krieg drohten, falls sich die im Reichstag feiernden Politiker nicht bereit erklären würden, ihre ausländischen Amtskollegen unverzüglich einzuladen.

Als dieses Ultimatum im Reichstag eintraf, waren die dortigen Abgeordneten allerdings schon derart betrunken, dass sie den Brief der Alliierten nicht einmal mehr lesen, geschweige denn darauf antworten konnten. Die Alliierten fassten das Ausbleiben einer Antwort als Affront auf und gingen nun davon aus, dass sie bei den Reichstags-Partys nicht willkommen wären.

Durch dieses Missverständnis kam es zum Ausbruch des *Ersten Märchenweltkrieges*.

Nach Bekanntgabe der Kriegserklärung meldeten sich tausende tapferer Teutomanen, die bereit waren, ihr Vaterland zu verteidigen, sich dann aber alle auf dem Weg zur Front verirrten und im Rotlichtmilieu verschiedener Großstädte landeten, wo sie in den Betten käuflicher Koboldfrauen ihre Stellungen bezogen.

So konnten die alliierten Streitkräfte ungehindert in Teutomania einmarschieren und dort sämtliche Wirtshäuser und Brauereien besetzen. Es dauerte nicht lange, bis sie die gesamte teutomanische Bierwirtschaft unter ihre Kontrolle gebracht hatten.

Sodann zwangen sie die Teutomanen zur bedingungslosen Kapitulation, indem sie damit drohten, das ganze Bier allein zu trinken, falls die Teutomanen sich nicht innerhalb der nächsten fünf Minuten ergeben würden.

General Paul von Hintenrum, der greise Oberbefehlshaber der Teutomanischen Wehrmacht, leistete in seinem Schaukelstuhl noch zwei Minuten erbitterten Widerstand, doch als seine Frau aus dem Keller kam und berichtete, dass die heimischen Biervorräte bereits aufgebraucht waren, rief der schockierte General sofort im Hofbräuhaus an und bat die dort zechenden Alliierten um Waffenstillstand.

Nachdem der Friedensvertrag bei einer versöhnlichen Stammtischrunde unterzeichnet worden war, zogen die alliierten Truppen wieder ab. Zum Leidwesen der teutomanischen Politiker nahmen sie jedoch sämtliche Elfenluder als Kriegstribut mit.

Obwohl damit das politische Partyleben in Teutomania beendet war, drängten sich bald neue Parteien in den Reichstag, die sich dort um die Aufteilung der verbliebenen Vorräte an Erdnüssen, Kartoffelchips und Alkopops zankten.

Am Ende kam eine Partei von konservativen Kobolden an die Macht, die es als ihre Bürgerpflicht ansahen, ihre Nasen ständig in fremde Angelegenheiten zu stecken, weshalb sie sich selbst als *Nasalsozialisten* bezeichneten. Der Vorsitzende ihrer Partei war ein staatlich geprüfter Hexenmeister, der über einen mächtigen Zauberring und einen komischen Schnurrbart verfügte.

Sein Name war Adolf Sauronius Fickler, doch aufgrund der Tatsache, dass er aus den Sieben Bergen kam und dort von den Sieben Zwergen die hohe Kunst des Jodelns erlernt hatte, wurde er von seinen Anhängern respektvoll *der Jodler* genannt.

Durch die Kraft seines Gejodels und seines selbst geschmiedeten Zauberrings gelang es Fickler, die Herrschaft über das Teutomanische Reich an sich zu reißen.

Zwei Wochen nach seiner Machtergreifung wurde ihm sein geliebtes Schmuckstück allerdings von einem kriminellen Heinzelmännchen gestohlen, womit er den Großteil seiner Zauberkraft einbüßte.

Dennoch vermochte er sich dank seiner beeindruckenden Jodelkünste weiterhin an der Spitze des Staates zu halten.

In einem Anfall von Paranoia beschuldigte der Jodler die Halblinge aus dem Sauenland, für die Diebstähle verantwortlich zu sein, weshalb er sie alle verhaften und in esoterische Meditationslager deportieren ließ, wo sie den zweifelhaften Erleuchtungsmethoden der dortigen Gurus hilflos ausgeliefert waren.

Der Zauberkobold Rammgalf von Rammelhausen, der ein Gegner der Jodlerpolitik war, befragte zu diesem Thema das heilige Gummibärchen-Orakel.

Die allwissenden Gummibärchen prophezeiten ihm eine Zusammenkunft von erstklassigen Aushilfshelden, denen es bestimmt war, die unseriösen Meditationskurse zu beenden und die schöne Märchenwelt vor dem drohenden Schnupfen der Nasalsozialisten zu retten.

Kapitel I

Zwei Touristen im Meditationslager

Auf dem Exerzierplatz eines teutomanischen Meditationslagers stand eine Gruppe inhaftierter Halblinge in Reih und Glied vor einer Bühne im Zentrum des Platzes, auf der ein aufgeblasener Gummi-Buddha-Kobold in Meditationshaltung saß.

Um den quadratischen Exerzierplatz herum waren mehrere Barracken aus Holz gebaut.

Vor jedem Halbling lag ein Meditationskissen parat, doch neben der Buddha-Figur stand ein Kobold, der weder nach einem Mönch, noch nach einem Esoteriker aussah. Er trug eine schwarze Uniform und dazu eine rote Armbinde mit dem Emblem der Nasalsozialisten – dem Smiley mit Nasenbärtchen.

Der uniformierte Kobold sprach zu den Halblingen: „Stillgestanden, ihr Drecksäcke! Ich bin Feldwebel Mark Mettwurst und heiße euch herzlich willkommen in unserem Lager."

Die Halblinge sahen ihn mit ausdruckloser Mine an.

„Was seid ihr denn für ein lahmer Haufen? Freut ihr euch denn gar nicht auf euren kostenlosen Meditationskurs?", fragte Mettwurst.

Bevor einer der Halblinge darauf antworten konnte, öffnete sich die Tür einer Baracke, aus der ein anderer Kobold herauskam, der eine ähnliche Uniform wie Feldwebel Mettwurst trug, jedoch mit höheren Rangabzeichen und diversen Orden geschmückt war. Er betrat die Bühne und nahm seinen Platz zwischen dem Feldwebel und dem Gummi-Buddha ein.

Der Feldwebel sprach: „Achtung, Leute! Erhebt eure Mittelfinger und begrüßt unseren Kommandanten mit einem fröhlichen *Geil Fickler!*"

Gehorsam streckte jeder Halbling seinen Mittelfinger dem Kommandanten entgegen und rief laut: „Geil Fickler!", was die offizielle Gruß-formel im nasalsozialistischen Teutomania war.

Der Kommandant erwiderte den Gruß mit den Worten: „Geil Fickler, ihr Flitzpiepen! Ich bin Oberst Dieter Bodenlos, Lagerkommandant und höchster Stabsoffizier der **SDSDS** – der **S**uper-**D**achorganisation für **S**ingende **D**eppen und **S**chwachköpfe.

Für die Dauer eures Aufenthalts bin ich euer Guru und werde euch mit meiner musikalischen Meditationstechnik ins Nirwana befördern."

Einzelne Halblinge reagierten verängstigt, aber die meisten hatten nicht die geringste Ahnung, was ihnen nun bevorstand.

Unter ihnen befand sich auch der erfolgreiche Geschäftsmann Billy Beutelschneider, der mit einer Vermittlungsagentur für strippende Elfenmädchen ein Vermögen gemacht hatte. Der alte Billy, der kurz vor seinem einhundertelften Geburtstag stand, war zusammen mit seinem Neffen Frohodio zum Wandern und Bergsteigen nach Teutomania gekommen. Die beiden ahnungslosen Touristen mussten ihre geplante Bergtour jedoch auf unbestimmte Zeit verschieben, da sie bereits bei ihrer Ankunft am Isargarder Flughafen von SDSDS-Soldaten verhaftet und in dieses Meditationslager gebracht worden waren, das Billy irrtümlich für ein Ferienressort hielt.

„Unser Gastgeber macht doch einen freundlichen und sehr adretten Eindruck", sagte Billy zu seinem Neffen.

„Wart´s nur mal ab, Onkel Billy! Diese SDSDS-Offiziere tragen zwar schicke Uniformen, aber ihr Musikgeschmack ist einfach grauenvoll", erwiderte Frohodio, der schon diverse Gerüchte über die musikalischen Machenschaften der SDSDS gehört hatte.

Sodann ertönte erneut die Stimme des Kommandanten: „Herhören, ihr geschwätzigen Aushilfsbuddhisten! Ich werde euch nun meinen berühmtesten Song vorspielen, den ich zusammen mit meinem Ex-Kameraden Thomas Andersrum aufgenommen habe, als wir beide noch *Modern Walking* waren."

Auf diese Unheil verheißende Ankündigung hin verkrampften sich Frohodios Eingeweide und der Angstschweiß trat ihm auf die Stirn. Als er sah, wie zwei Soldaten ein Grammophon anschleppten und es auf die Bühne stellten, fing er an zu beten.

„Oh, ihr Götter! Warum muss es nur so grausam enden?", dachte er in seiner Verzweiflung, während er sich vergeblich nach einem Fluchtweg umschaute.

Das Lager war zwar nur von einem gewöhnlichen Holzlattenzaun umgeben und die wachhabenden Kobolde auf den vier Ecktürmen schienen vor sich hin zu dösen, doch patrouillierte an jeder der vier Innenseiten des Zaunes ein Gartenzwerg mit Maschinengewehr.

Der Anblick der Gartenzwerge ließ Frohodio erschaudern. Vor allem die roten Zipfelmützen der Zwerge flößten dem jungen Halbling entsetzliche Angst an.

So verwarf er seinen Fluchtplan und war kurz davor, alle Hoffnung aufzugeben, doch dann entdeckte er einen Kaugummi-Automaten, der neben dem Eingang einer hölzernen Baracke stand.

Der Automat schien Frohodio im Geiste zu sich zu rufen: *„Frohodio, komm zu mir! Frohodio, eile herbei! Nun komm endlich, du lahme Ente, oder soll ich auf dich warten, bis ich verrostet bin?!"*

Diese Worte dröhnten in Frohodios Kopf, bis sich der verwunderte Halbling dazu durchrang, dem Ruf des Kaugummi-Automaten zu folgen.

Da Frohodio auf einem brimborischen Elite-Internat zu schulischer Disziplin erzogen worden war, wollte er sich nicht ohne Erlaubnis von der Gruppe entfernen. Also hob er brav die Hand und hoffte, dass der Kommandant ihn aufrufen würde, bevor die Soldaten mit dem Grammophon ankommen würden.

„Ja, du da drüben", sagte der Oberst und deutete auf Frohodio.

„Verehrter Herr Oberst, würden Sie mir bitte die Freundlichkeit erweisen, mir noch einen letzten Kaugummi zu genehmigen?", fragte Frohodio.

„Aber klar doch", antwortete Dieter Bodenlos.

Frohodio bedankte sich und lief auf den Kaugummi-Automaten zu, der inzwischen ganz still geworden war, als wenn er etwas zu verbergen hätte. Frohodio warf eine Münze ein und zog einen Kaugummi heraus, oder vielmehr glaubte er dies zu tun. Tatsächlich hatte der Automat einen goldenen Ring ausgespuckt, den Frohodio nun in der Hand hielt. Als er ihn staunend betrachtete, stellte er fest, dass in die Oberfläche des Ringes ein rätselhafter Text eingraviert war. Dieser Text lautete:

„Ein Ring, kaum zu toppen, um mit Elfen zu poppen,
 ihre Gunst zu gewinnen und sie gleich zu bespringen."

Voller Vorfreude steckte sich Frohodio den Ring an den Finger und wartete darauf, dass nun eine nackte Elfe auf einem ungesattelten Pferd angeritten käme, um den lüsternen Halbling aus dem Meditationslager zu entführen. Er hielt begierig nach der Elfe Ausschau und wartete und wartete und wartete... Schließlich kamen zwei SDSDS-Soldaten, die Frohodio packten und ihn zurück zu der versammelten Meditationsgruppe schleppten.

Dort wartete Onkel Billy schon ungeduldig auf seinen Neffen und sagte etwas zu ihm, das Frohodio allerdings nicht verstand. Genauer gesagt, hörte Frohodio keinen einzigen Laut, sondern sah nur Billys Mundbewegungen. Irritiert schaute er zum Kommandanten, der einen Befehl zu geben schien, dabei aber völlig stumm blieb.

Frohodio war verwirrt. Doch als er sah, wie die anderen Halblinge auf den bereitliegenden Meditationskissen Platz nahmen, tat er es vorsichtshalber auch.

Auf einmal kam ihm der Gedanke, dass die sonderbare Stummheit der anderen auf eine plötzliche Taubheit seiner Ohren zurückzuführen sei, die womöglich durch diesen mysteriösen Ring verursacht wurde. Fasziniert von der Vorstellung, nun doch einen echten Zauberring zu besitzen, fasste Frohodio den Entschluss, seine Theorie einer experimentellen Untersuchung zu unterziehen. Zu diesem Zweck zog er den Ring wieder ab und schupste anschließend seinen Onkel.

„He! Was soll denn das, du unverschämter Bengel!", schimpfte Onkel Billy laut und deutlich, woraus Frohodio den Schluss zog, dass der Ring tatsächlich Taubheit verursachte und somit ein echter Zauberring sein musste.

„Das ist tatsächlich ein Zauberring", sagte Frohodio erstaunt.

„Was redest du da für einen Blödsinn?", fragte Onkel Billy.

Daraufhin zeigte ihm Frohodio den Ring und erklärte ihm, was es damit auf sich hatte.

Der Feldwebel rief: „Alle mal herhören! Dieter möchte etwas sagen!"

„Ja, supi! Das Grammophon funktioniert noch und wir können in zwei Minuten loslegen", verkündete der Oberst.

Frohodio steckte sich sofort den Ring wieder an den Finger und dankte den Göttern für die Erfindung des Kaugummi-Automaten.

15

Plötzlich fiel ihm ein, dass der Ring wahrscheinlich nur auf seinen Träger wirkte, sodass Onkel Billy den grässlichen Klängen, die schon bald aus dem Grammophon tönen und mit Ausnahme von Kobolden, die einen miserablen Musikgeschmack hatten, alles Leben im Umkreis von einem Kilometer vernichten würden, schutzlos ausgeliefert war.

Während der Kommandant seine goldene Schallplatte polierte, dachte Frohodio fieberhaft nach, wie er seinen Onkel retten könnte. Schließlich kam ihm eine Idee.

„Onkel Billy, du musst sofort dein Hörgerät ausschalten!", rief er aufgeregt.

Billy schüttelte nur den Kopf und zeigte seinem besorgten Neffen den Vogel.

Da Frohodio wusste, wie unglaublich stur sein Onkel war, zog er den Ring noch einmal ab, um wieder hören und über den Ernst der Lage diskutieren zu können. Währenddessen legte Oberst Bodenlos seine Schallplatte auf und rief begeistert: „So, jetzt kann ´s losgehen! Macht euch bereit für eure Reise ins Nirwana, denn jetzt kommt der ultimativ größte Welthit von *Modern Walking*!"

Frohodio geriet nun in Panik und schüttelte seinen Onkel.

„Wenn dir dein Leben lieb ist, Onkel Billy, dann schalte sofort dein Hörgerät ab, bevor es zu spät ist!", rief der junge Halbling verzweifelt.

„Lass doch diesen Blödsinn, Frohodio! Warum soll ich denn gerade jetzt mein Hörgerät abschalten, wo dieser nette Herr uns eine Polka vorspielen möchte? Du weißt doch, wie sehr ich Polka liebe", erwiderte Billy.

„Dieser Herr möchte uns keine Polka vorspielen, sondern eine Musik, die absolut tödlich ist! Wenn du nicht auf der Stelle dein Hörgerät abstellst, dann wirst du nie wieder Polka tanzen!", erklärte Frohodio eindringlich und steckte sich dann eilig den Ring wieder an, bevor das Grammophon die ersten Töne ausspuckte.

In letzter Sekunde nahm der alte Billy Vernunft an und stellte sein Hörgerät ab.

Doch für die anderen Halblinge, die weder einen Zauberring, noch ein Hörgerät besaßen, gab es keine Rettung. Frohodio beobachtete mit Entsetzen, wie seine armen Artgenossen sich verzweifelt die Ohren zuhielten, aber gegen den eingebauten Soundverstärker von Dieter Bodenlosens High-Tech-Grammophon nicht die geringste Chance hatten. Schon nach wenigen Sekunden wurden sie alle von epileptischen Anfällen ergriffen, begannen dann zu hyperventilieren und fielen schließlich in einen esoterischen Trance-Zustand, wobei sie nun schwerelos über ihren Meditationskissen schwebten.

Onkel Billy schaute auf den Gummikobold, der nun ebenfalls vom Boden abhob, dann aber zu zittern begann und plötzlich zusammen mit den schwebenden Halblingen zerplatzte.

Billy und Frohodio erschraken, als ihnen ein paar Hautfetzen und andere blutige Überreste ihrer Sitznachbarn um die Ohren flogen.

Nachdem der Oberst seine Schallplatte vom Grammophon genommen hatte, zog Frohodio den Ring wieder ab und hörte, wie sein Onkel über die Blutflecken an seinem giftgrünen Jackett fluchte.

„So eine verdammte Schweinerei!", schimpfte Onkel Billy.

„He, Dieter! Da sind noch zwei Drecksäcke übrig", bemerkte Feldwebel Mettwurst und zeigte auf Billy und Frohodio.

„Ach, du Scheiße! Kann es sein, dass sich so ein Welthit allmählich abnutzt, wenn man ihn zu oft runterleiert?", fragte der Oberst höchst beunruhigt.

„Mach dir keine Sorgen, mein Bobbelchen! Das liegt bestimmt nicht an deinem Welthit. Ich glaube, mit diesen zwei Arschgeigen ist irgendwas faul. Am besten buchten wir sie erstmal ein und senden dann ein Telegramm an den Reichsproduzenten. Der wird wissen, was in so einem Fall zu tun ist" antwortete der Feldwebel.

„Hoffentlich weiß er das. – Wachen! Führt diese Kunstbanausen ab!", befahl der Oberst.

Die Soldaten, die das Grammophon gebracht hatten, marschierten auf Billy und Frohodio zu, packten die beiden und schleppten sie zu einer kleinen Baracke mit vergitterten Fenstern.

„Ist das der Gasthof, in dem wir heute übernachten werden?", fragte Billy, der sein Hörgerät inzwischen wieder eingestellt hatte.

„Na sicher, Alter! Das ist ein 5-Sterne Luxushotel", antwortete einer der Kobold-Soldaten höhnisch.

Danach stießen er und sein Kamerad die beiden Halblinge in die Baracke und verriegelten hinter ihnen die Tür.

Das Innere der Hütte bestand aus einem einzigen leeren und düsteren Raum, der in den Ecken mit Stroh ausgelegt war und nur durch zwei kleine Gitterfenster spärlich erhellt wurde.

„Also, diese Luxushotels sind auch nicht mehr das, was sie einmal waren. Man sollte wirklich nicht mehr ins Ausland reisen", meinte Billy.

Frohodio schüttelte den Kopf und sagte: „Wir sollten uns schlafen legen."

„Schlafen? Aber wir haben doch noch gar nichts zu Abend gegessen", wandte Billy an.

„Ich glaube nicht, dass wir heute noch etwas bekommen werden", entgegnete Frohodio.

„Das ist ja unerhört! Was für ein miserabler Service!", maulte Billy.

Mangels besserer Alternativen suchte sich jeder von ihnen einen Strohhaufen aus und verbrachte darauf die Nacht.

Dieter Bodenlos hatte sich inzwischen auch zu Bett begeben, doch war er noch recht munter. Wie jeden Abend blätterte er in einem Erotik-Magazin voller vollbusiger Koboldfrauen und wollte gerade mit dem Onanieren beginnen, als jemand laut an die Tür klopfte.

„Was ist denn das jetzt für ein bekloppter Klappspaten?!", murrte der Oberst.

Widerwillig stand er auf und ging, mit Nachthemd und Schlafmütze bekleidet, zur Tür.

Davor stand Mark Mettwurst und grüßte mit strahlendem Lächeln: „Hallo Dieter!"

„Mark, was machst du denn so spät noch hier?! Ich wollte mir gerade einen runterholen", erwiderte der Kommandant.

„Dabei bin ich dir gern behilflich, mein Bobbelchen", sagte Mark.

„Mensch Mark! Ich hab dir doch schon tausendmal gesagt, dass ich nicht auf Typen stehe und du solltest damit ein bisschen vorsichtiger sein! Schließlich ist der Jodler allergisch gegen Schwule und wenn er Wind davon bekommt, dann wird er kräftig niesen ", mahnte Dieter.

„Aber der Jodler ist doch gar nicht da und ich habe noch ein leckeres Betthupferl für dich", erwiderte Mark.

Er holte etwas Kleines, das in eine Serviette eingepackt war, aus seiner Jackentasche und überreichte es seinem geliebten Kommandanten.

„Was ist das denn?", fragte Dieter neugierig und wickelte es aus.

Zum Vorschein kam ein Plätzchen in den Farben des Regenbogens.

„Das ist ein Zauberplätzchen. Ich habe es extra für dich gebacken", sagte Mark.

Dieter probierte es und sagte: „Hm! Das schmeckt super."
Nachdem er das Plätzchen gegessen hatte, wurde sein ganzer Körper von einem Wohlgefühl durchströmt und auf einmal erschien ihm Mark Mettwurst attraktiver als eine Elfe.
Er nahm Marks Hand und zog ihn herein. Danach verriegelte er die Tür und schloss die Fensterläden.

Im Morgengrauen erwachte Frohodio mit einer neuen Idee im Kopf.
„Ich weiß, wie wir hier rauskommen!", rief er.
„Schrei nicht so laut, Frohodio! Es gibt Leute, die noch schlafen!", schimpfte Billy.
„Aber du bist doch schon wach, Onkel", entgegnete Frohodio.
„Ja, dank dir", murrte Billy.
Frohodio sprang munter auf, lief zu einem der Gitterfenster und rief: „Hilfe! Ich bin ein Star! Holt mich hier raus!"
„Was soll das denn werden?", fragte Billy.
„Abwarten, Onkel! Das ist ein Zauberspruch, den ich aus dem Fernsehen kenne."
Kaum hatte Frohodio die magischen Worte gesprochen, waren auch schon Geräusche von Rotorenblättern zu hören.
„Das klingt ganz nach einem Hubschrauber", sagte Billy überrascht.
Plötzlich krachte ein übergewichtiger Kobold in buntem Safarianzug durch das Dach der Baracke und landete in einem Strohhaufen.
„Halihallo! Ich bin Dick Bacchus und ihr zwei kommt ins Fernsehen", verkündete der Kobold mit fröhlichem Grinsen und einer kleinen Kamera in der Hand.
„Guten Tag, Herr Bacchus! Wie schön, dass Sie so schnell kommen konnten. Ich bin Frohodio Beutelschneider und das ist mein Onkel Billy Beutelschneider", stellte er sich und seinen Onkel vor.
Billy betrachtete den kugelförmigen Wicht und sagte: „Sie haben eine beeindruckende Figur. Sind Sie der amtierende Koboldmeister im Tortenwettessen?"
„Nein, das nicht. Aber ich versuche meiner Persönlichkeit bei jeder Mahlzeit ein besonderes Gewicht zu verleihen", antwortete Dick Bacchus.
„Können Sie uns hier rausbringen?", fragte Frohodio.
„Aber natürlich", erwiderte Dick.

Er blies in seine Trillerpfeife und sogleich wurde eine Strickleiter durch das Loch im Dach herabgelassen.

„Immer dem Kobold nach!", rief Dick und kletterte die Strickleiter hinauf.

Frohodio und Billy folgten ihm und Billy murmelte beim Klettern: „Das scheint der Auftakt des hiesigen Animationsprogramms zu sein. Hoffen wir mal, dass die Animation hier besser ausfällt, als der Service und die Zimmerausstattung."

Dieter Bodenlos und Mark Mettwurst lagen indessen noch in ihrem gemeinsamen Feldbett und steckten zusammen unter einer Decke.

„Was sind denn das da draußen für komische Geräusche?", fragte der Kommandant seinen Bettgefährten.

„Ich geh mal nachschauen, mein Bobbelchen", antwortete Mark und kroch aus dem Bett, um durch das offene Fenster zu spähen.

Wie sein Kommandant war der Feldwebel nur mit einem weißen Nachthemd bekleidet und trug eine Schlafmütze auf dem Kopf.

„Diese unmusikalischen Arschgeigen versuchen zu fliehen!", rief er aufgebracht, als er den Helikopter über der Gefängnisbaracke sah.

„Was? Diese elenden Kunstverächter!", schimpfte Oberst Bodenlos und sprang aus dem Bett.

„Sofort Alarm schlagen, Mark! Sie dürfen uns nicht entkommen!", rief er.

„Zu Befehl, Herr Oberst Bobbelchen!", antwortete Mark Mettwurst und stürmte nach draußen.

Oberst Bodenlos zog sich seinen Morgenrock und seine Pantoffeln an, rückte seine Schlafmütze zurecht und ging nach draußen auf den Exerzierplatz. Feldwebel Mettwurst läutete bereits die Alarmglocke, die neben der Kommandantenbaracke an einem Holzgerüst hing.

„Willkommen an Bord!", sprach Dick, nachdem Billy und Frohodio oben im Hubschrauber angekommen waren.

Der füllige Kobold zog eine Weinflasche unter seinem Sitz hervor, nahm einen kräftigen Schluck daraus und wandte sich anschließend an seine Pilotin Sonja Zicklein, die im Cockpit saß und sich gerade die Fingernägel lackierte.

„Sonja, Liebes! Du musst deine Nagelpflege auf später verschieben. Unsere Gäste haben es eilig und wir auch", sagte er.

„Man hat hier aber auch keine ruhige Minute!", beklagte sich Sonja. Sie legte ihren Nagellack widerwillig beiseite und flog los.

Unten im Lager hatte sich inzwischen die gesamte SDSDS-Garnison auf dem Exerzierplatz versammelt.
Oberst Bodenlos stand auf der Bühne neben dem Grammophon und erteilte seine Kommandos: „Los Leute! Schießt den Helikopter ab!"
Sofort ballerten sämtliche SDSDS-Soldaten mit ihren Gewehren wild drauf los, ohne auch nur in die Nähe des Ziels zu treffen.
„Verdammt, sie entkommen uns! Wir müssen die Verfolgung aufnehmen!", rief der Oberst.
Die Soldaten sprangen auf die Geländewägen, während der Feldwebel mit einem Motorrad vorfuhr.
Oberst Bodenlos stieg in den Beiwagen und rief: „Los, Mark! Drück auf die Tube!"
„Wird gemacht, mein Bobbelchen", antwortete Feldwebel Mettwurst und fuhr los.

Die Passagiere des Helikopters legten ihre Sicherheitsgurte an und Billy schaute amüsiert aus dem Fenster.
„Das nenne ich ein gelungenes Animationsprogramm. Ich muss sagen, die teutomanische Gastfreundschaft ist doch wesentlich besser, als es zuerst den Anschein hatte", stellte er erfreut fest.

Angeführt von Marks Motorrad und Dieters Beiwagen, jagten die Geländewägen dem Hubschrauber hinterher.
Der Fahrtwind brauste so frisch, dass der Oberst seine Schlafmütze über seine spitzen Koboldohren zog.
Die Soldaten beschossen den Helikopter mit allem, was ihre Magazine hergaben, doch trotz ihrer eifrigen Bemühungen ging jeder Schuss daneben.
„Ihr Vollpfosten! Wie oft muss ich euch denn noch sagen, dass ihr erst zielen und dann abdrücken sollt?!", rief der Oberst seinen Männern zu.
Als dies auch nichts half, beschloss er, die Sache selbst in die Hand zu nehmen. Er zog aus dem Gepäckfach seines geräumigen Beiwagens einen Raketenrucksack heraus und schnallte ihn sich auf den Rücken.

„Sei vorsichtig mit diesem Ding, mein Bobbelchen!", mahne Mettwurst.

„Keine Sorge! Jetzt werde ich allen zeigen, wer hier der Überflieger ist", entgegnete Dieter Bodenlos mit wilder Entschlossenheit und zog die Zündschnur für seinen Raketenantrieb.

Gleich darauf ging der hitzige Kobold mit gewaltigem Schub in die Luft.

Billy, der neugierig aus dem Fenster schaute, sagte dazu: „Oh, da fliegt unser Hoteldirektor! Mit dem Unterhaltungsprogramm gibt er sich wirklich Mühe, aber es wird langsam Zeit, dass das Frühstück serviert wird."

„Das wird eine großartige Sendung!", jubelte Dick und filmte den fliegenden Kommandanten.

„Hier kommt Super-Dieter!", rief Oberst Bodenlos, zog seine Pistole und gab mehrere Schüsse ab.

Im Gegensatz zu seinen Soldaten traf der Kommandant mehrmals die Unterseite des Helikopters.

„Bravo!", rief Billy und klatschte Beifall.

„Ich kriege euch, ihr Flachpfeifen!", schrie Oberst Bodenlos und feuerte weiter auf den Hubschrauber.

Als er gerade sein Magazin wechseln wollte, ging auf einmal seinem Raketenrucksack der Treibstoff aus.

„Ach, du Scheiße!", fluchte der SDSDS-Kommandant und sah das Ende seiner Karriere kommen.

Er fiel in die Tiefe und drohte auf der Landstraße zu zerschellen, doch konnte er seinen totalen Absturz um Haaresbreite verhindern, indem er sich den Rucksack im Fallen abschnallte und nach der Strickleiter griff, deren unterste Sprosse er gerade noch zu fassen bekam.

Der Raketenrucksack explodierte auf der Landstraße, aber Dieter Bodenlos hielt sich wacker an der Strickleiter fest.

„Herr Bacchus, geben Sie mir Ihre Weinflasche!", forderte Frohodio den dicken Kobold auf.

Dieser ließ sich gerade den letzten Tropfen in den Mund laufen und antwortete: „Die ist sowieso schon leer."

Frohodio nahm die Flasche, warf sie nach Oberst Bodenlos und verfehlte ihn. Doch stattdessen traf die Flasche Mark Mettwurst, der leichtsinniger Weise keinen Helm trug. Der am Kopf verletzte Kobold stürzte von seinem Motorrad und blieb am Straßenrand liegen.

„Upps! Das war leider nicht der Oberst", sagte Frohodio.

„Macht nichts. Hauptsache, es gibt Tote", erwiderte Dick Bacchus vergnügt.

Die gesamte SDSDS-Fahrzeugkolonne hielt vor der Unfallstelle an. Die Kobolde hüpften aus ihren Geländewägen und schauten hin und her zwischen ihrem tot auf der Straße liegenden Feldwebel und ihrem an der Strickleiter baumelnden Kommandanten.

„Was sollen wir denn jetzt bloß machen?", fragte ein Soldat ratlos in die Runde.

„Wie wäre es mit Strip-Poker?", schlug ein anderer vor und zog ein Poker-Deck aus seiner Jackentasche.

„Gute Idee!", stimmten vier weitere Kobolde dem Vorschlag zu.

So setzten sie sich zusammen an den Straßenrand und begannen mit der ersten Partie.

Die übrigen Wichte entschieden sich für ein Autorennen zurück ins Lager.

Unterdessen nahm Oberst Bodenlos all seinen Mut zusammen, um die im Wind baumelnde Strickleiter hinaufzuklettern.

„Der Oberst kommt langsam näher. Wir brauchen noch einen Gegenstand, den wir auf ihn werfen können", sagte Frohodio und wandte sich an Dick Bacchus.

„Haben Sie zufällig noch eine Weinflasche?", fragte er.

„Nein, ich habe nur noch eine Rumflasche, aber die ist noch ganz voll", antwortete Dick.

„Bitte geben Sie sie mir! Es geht immerhin um unser Leben!", sprach Frohodio aufgeregt.

„Also gut", seufzte Dick und holte den Rum unter seinem Sitz hervor. Frohodio nahm die Flasche entgegen und ging zu der immer noch offen stehenden Helikoptertür.

„Lass mich das machen, Frohodio!", forderte Billy und riss seinem Neffen den Rum aus der Hand.

Er ging damit zur Tür, doch anstatt die Flasche hinauszuwerfen, zog er den Korken heraus und goss den Rum über den Oberst.

„He! Was soll der Scheiß?!", schimpfte der begossene Kobold.

„Was machst du da, Onkel Billy? Du solltest den Kommandanten doch nicht mit Rum begießen, sondern ihm die volle Flasche auf den Kopf hauen, damit er die Strickleiter loslässt!", erklärte Frohodio.

„Das habe ich schon verstanden. Aber ich habe einen besseren Plan, um dieses Life-Action-Rollenspiel zu gewinnen", erwiderte Billy gut gelaunt und warf die nun leere Flasche so hinaus, dass sie an Oberst Bodenlos vorbeiflog.

„Aber das ist kein Rollenspiel, Onkel Billy! Das ist bitterer Ernst!", entgegnete Frohodio.

Billy ignorierte die Worte seines Neffen und wandte sich an die Pilotin: „Wenden Sie sofort den Helikopter und fliegen Sie zurück zu unserer Ferienanlage!"

„Jawohl, Sir!", antwortete Sonja Zicklein und führte eine rasante Ein-hundertachtziger-Grad-Wende durch.

Dabei wurde der immer noch an der Stickleiter hängende Oberst in einer weiten Kurve durch die Luft geschleudert, doch hielt er sich wacker fest.

Frohodio rief aufgebracht: „Hast du den Verstand verloren, Onkel?! Warum lässt du die Pilotin zurück zum Lager fliegen? Wir müssen von hier weg!"

„Ruhig Blut, mein Junge! Dein alter Onkel weiß schon, was er tut", entgegnete Billy mit unerschütterlicher Gelassenheit.

Während der Helikopter zurück zum Meditationslager flog, kletterte Dieter Bodenlos entschlossen die Strickleiter empor. Kurz bevor er oben angelangt war, erreichte der Hubschrauber das Lager.

„Wir sind am Ziel", meldete die Pilotin.

„Gut. Steuern Sie nun das Zentrum des Exerzierplatzes an und bleiben Sie exakt darüber stehen!", wies Billy sie an.

„Jawohl, Sir!"

„Was hat dein Onkel vor?", fragte Dick an Frohodio gewandt.

„Ich habe keine Ahnung. Anscheinend ist er jetzt vollkommen über-geschnappt", antwortete Frohodio.

Billy überhörte diese Bemerkung, zog eine Zigarre aus seiner Jacken-tasche und zündete sie an.

Frohodio, der Mitglied im sauenländischen Nichtraucherverein war, protestierte dagegen: „Onkel Billy, weißt du denn nicht, dass Rauchen die Gesundheit gefährdet und außerdem in öffentlichen Verkehrsmitteln verboten ist?!"

„Keine Sorge, Frohodio! Wie du weißt, rauche ich nur zu besonderen Anlässen, und heute ist ein besonderer Anlass", behauptete Billy.

Er trat an die Schwelle der offenen Helikoptertür, zog genüsslich an seiner Zigarre und schaute auf Oberst Bodenlos herab, der nur noch wenige Sprossen unter ihm war.

Als der Oberst den entflohenen Halbling über sich stehen sah, zog er seine Ersatzpistole und rief: „Das Spiel ist aus, alter Mann!"

„Ja, das Spiel ist aus und Sie haben verloren", entgegnete Billy und warf seine brennende Zigarre auf den Rum-getränkten Kobold.

Die Zigarre fiel auf dessen Kopf und ließ zuerst seine Haare und kurz darauf seinen ganzen Körper in Flammen aufgehen. Der brennende Wicht ließ die Strickleiter los, stürzte schreiend in die Tiefe und schlug wie ein Meteor auf der Bühne im Zentrum des Exerzierplatzes ein.

Dort traf er das unter Starkstrom stehende Grammophon, woraufhin das Gerät explodierte und ein gewaltiger Feuersturm Dieter Bodenlos mitsamt seinem Meditationslager verschlang.

Billy jubelte: „Juhu! Wir haben das Spiel gewonnen!"

Dick Bacchus applaudierte und rief: „Das war eine geniale Aktion! Unsere Einschaltquoten werden ins Unermessliche steigen!"

Frohodio schaute seinen Onkel verblüfft an und sagte: „Also dafür, dass du das hier alles nur für ein harmloses Rollenspiel hältst, kämpfst du aber mit ziemlich harten Bandagen, Onkel."

Billy erwiderte achselzuckend: „Life-Action-Rollenspiele sind eben nichts für Weicheier."

Kapitel II

Krawall in den Sieben Bergen

„Wo soll es jetzt hingehen?", fragte die Pilotin.

„Ins Sauenland, meine Liebe", antwortete Billy.

Darauf sagte Dick Bacchus: „Das geht leider nicht. Wir sind auf dem Weg in unser Dschungelcamp und dürfen keine Zeit mehr verlieren, sonst beginnt unsere Sendung ohne uns. Ihr könnt uns aber gern begleiten und euch den Camp-Bewohnern anschließen."

„Gibt es dort auch etwas zu essen?", fragte Billy mit knurrendem Magen.

„Ja, wir haben Reis und Bohnen als Standardmenü. Darüber hinaus verwöhnen wir unsere Camp-Bewohner auch mit besonderen Leckerbissen wie Mehlwürmern, Maden, Kakerlaken…"

„Nein, danke! Wir steigen doch lieber unterwegs aus", sagte Billy.

„Schade! Wir hätten euch wirklich gern in unser Programm aufgenommen. Aber wenn ihr lieber aussteigen wollt, können wir euch hinter den Sieben Bergen absetzen", erklärte Dick.

„Einverstanden", sagte Billy.

Am Fuße der Sieben Berge wohnten die Sieben Zwerge, deren Lebensraum jedoch auf ein kleines Reservat beschränkt war, welches ihnen von den benachbarten Waldelfen zugestanden wurde.

Entgegen der landläufigen Meinung handelte es sich bei den Sieben Zwergen keineswegs um friedfertige Bergleute, sondern um wilde Krieger, die ständig im Streit mit ihren elfischen Nachbarn lagen.

An jenem Tag herrschte mal wieder buntes Treiben im Zwergen-Reservat, denn in der Nacht zuvor hatten die Zwerge ihren jüngsten Überfall auf ihre Nachbarn verübt und dabei Schneeflittchen, die Tochter des Elfenkönigs, entführt.

In der Mitte einer kleinen Lichtung, unmittelbar vor ihrer Hütte, hatten diese Halunken einen Marterpfahl aufgestellt und die Prinzessin daran festgebunden.

Schneeflittchen war eine hübsche, aber ziemlich eingebildete Elfe mit teurem Schmuck, aufwendigem Make-up und langem welligen Haar, das nicht schwarz wie Ebenholz, sondern von Natur aus braun, aber künstlich blondiert war. Sie trug ein kurzes, weit ausgeschnittenes Designer-Kleid und darunter einen Push-up-BH.

Die Zwerge dagegen waren kleine behaarte Männer mit struppigen Bärten, bajuwarischen Lederhosen und dazu passenden Filzhüten.

Während die gefesselte Elfe verzweifelt um Hilfe rief, sprangen die Zwerge fröhlich um den Marterpfahl herum, sangen derbe Volkslieder und tanzten Schuhplattler. Nach einer Weile beendete der Häuptling das Singen und Tanzen und gebot seinen Leuten Schweigen.

Er trat vor Schneeflittchen und sprach: „Na du Luder! Was sollen wir jetzt mit dir anstellen?"

„Ich warne dich, Gimply Gimpelmann! Tu nichts, was du später noch bereuen könntest!", entgegnete Schneeflittchen.

„Du bist nicht in der Position Drohungen auszusprechen, du zickige Elfenschlampe!", erwiderte Häuptling Gimply.

Anschließend wandte er sich zu seinen Kameraden um und fragte: „Wollt ihr Schneeflittchen nackt sehen?"

Darauf antworteten die Zwerge mit begeistertem Grölen, sodass sich Häuptling Gimply in seinem Vorhaben bestärkt sah, Schneeflittchen an die Wäsche zu gehen. Doch als er der Elfe gerade das Kleid vom Leib reißen wollte, ertönte auf einmal eine zornige Stimme aus dem Hintergrund: „Halt ein, du Schuft, oder mein Pfeil wird dein Herz durchbohren!"

„Rette mich, Legohas!", rief Schneeflittchen, als sie die Stimme ihres Bruders erkannte.

Gimply drehte sich um und erblickte einen blonden Elf im Robin-Hood-Kostüm, der seinen Bogen auf ihn gerichtet hielt.

„Legohas, du wild gewordene Elfenpussy! Woher nimmst du auf einmal die Kühnheit mich zu bedrohen, nachdem du dir letzte Nacht, im Angesicht unseres Überfalls, in deine grünen Strumpfhosen gepinkelt hast?", höhnte Gimply.

Die Zwerge lachten, doch dann sprangen dreißig mit Pfeil und Bogen bewaffnete Elfen aus den umliegenden Büschen hervor und zielten auf die Zwerge, denen das Lachen augenblicklich verging.

„Du bist umzingelt, Gimply, du schmieriger Lüstling und ständig besoffener Taugenichts! Meine Leute sind in der Überzahl, meine

Kühnheit ist unübertrefflich und meine Strumpfhose ist schon längst wieder trocken!", verkündete der Elfenprinz.

Noch ehe Gimply etwas entgegnen konnte, wurde seine Unterhaltung mit Prinz Legohas von unbekannten Geräuschen gestört.

„Was ist das für ein Lärm?", fragte Legohas.

„Keine Ahnung. Solche Geräusche habe ich noch nie zuvor gehört", antwortete Gimply.

Auf einmal kam durch die Büsche ein Panzer angerollt.

Die Elfenschützen ergriffen panisch die Flucht, während Gimply und Legohas wie versteinert dastanden und auf das metallene Ungetüm schauten, das vor ihnen anhielt.

Die Dachluke des Panzers öffnete sich und heraus stieg ein uniformierter Kobold mit grauen Haaren und schmalen Brillengläsern.

Der Wicht sprach mit bajuwarischem Akzent: „Grüß Gott, beinand´! Ich bin General Edmund Staubwedel, der Kommandant der …äh… Bajuwarischen Panzerbrigade und Gouverneur der schönen Provinz Bajuwarenland."

„Und was haben Sie in meinem unabhängigen Reservat zu suchen, Herr Gouverneur?!", fragte Gimply schroff.

„Äh … ich bin hier, um Ihr Reservat zu annektieren. Somit erkläre ich diese Landschaft zu einer neuen Provinz des …äh… ja, Sakrament! Jetzt hab ich doch tatsächlich den Namen meines geliebten Vaterlands vergessen", stotterte der senile Kobold.

„Meinen Sie vielleicht das Teutomanische Reich?", fragte Gimply.

„Ja, richtig. Genauso heißt es. Hiermit erkläre ich dieses Land zu einer Provinz des …äh… des Teutomanischen Reiches", sprach der Gouverneur.

Gimply protestierte empört: „Dieses Land ist ein autonomes Zwergen-Reservat, dessen Bewohner sich niemals der Tyrannei der Teutomanen beugen werden!"

„Ja, Kruzifix!", schimpfte der Kobold und stieg in das Innere seines Panzers. Gleich darauf richtete er seine Kanone auf das Blockhaus der Sieben Zwerge und feuerte ein Geschütz ab. Die Hütte ging sofort in Flammen auf und fiel in sich zusammen.

„Oh weh! Unser schönes Zuhause ist dahin! Nun sind wir obdachlos!", klagten die Zwerge.

Als sich danach die Kanone des Panzers auf Gimply richtete, fiel dieser auf die Knie und winselte um Gnade.

Der Kobold kam aus der Einstiegsluke wieder heraus und erklärte: „Wenn Sie wollen, dass ich Ihr Leben verschone, dann fordere ich dafür Ihre besinnungslose ...äh... bedingungslose Kapitulation und die sofortige Leistung eines Tributs an das ... äh... Na, wie hieß es doch gleich?"

„Das Teutomanische Reich?", fragte Gimply.

„Ja, richtig. An das Teutomanische Reich", bestätigte Staubwedel.

„Wir haben kein Geld", sagte Gimply.

„Dann verlange ich diese schnuckelige Elfe, die an diesen ... äh... Pfahl da gebunden ist", sagte Staubwedel.

„Einspruch!", rief Prinz Legohas. „Das ist meine Schwester Schneeflittchen, die von diesen schurkischen Zwergen entführt wurde. Sie ist kein rechtmäßiges Eigentum der Zwerge und kann daher auch nicht als Tributzahlung verwendet werden."

„Auch gut. Dann nehme ich sie eben als Tribut von den Elfen entgegen", erwiderte Staubwedel.

„Aber wir Elfen sind nicht tributpflichtig. Unser Königreich ist autonom", behauptete Legohas.

„Verflixt und zugenäht! Wollen Sie uns etwa den Krieg erklären?", fragte der Kobold drohend.

„Nun ja ... also ... Wenn ich es mir recht überlege, unterwerfe ich mich doch lieber und akzeptiere die Tributpflicht", antwortete Legospast nervös.

„Na also! Dann her mit diesem Flittchen!", forderte Staubwedel.

Schneeflittchen kreischte: „Was?! Legohas, du kannst mich doch nicht diesen widerlichen Wichten ausliefern!"

„Tut mir leid, aber es geht nicht anders", entschuldigte sich Legospast.

Zusammen mit Gimply band er Schneeflittchen von ihrem Marterpfahl los, um ihr anschließend erneut Hände und Füße zu fesseln und sie zu General Staubwedels Panzer zu tragen.

„Schafft sie hier herauf!", befahl Staubwedel, der auf dem Dach des Panzers stand.

Gimply und Legohas hievten die wehrlose Prinzessin, die laut schrie und obszöne Beschimpfungen ausstieß, auf den Panzer und warfen sie in die Einstiegsluke.

„Recht vielen Dank und einen schönen Tag noch!", verabschiedete sich der Gouverneur.

Er stieg wieder in den Panzer, wo er seinen Fahrer und Adjutanten dabei erwischte, wie dieser Schneeflittchens Brüste begrabschte.

Staubwedel war über dieses Treiben empört und brüllte: „Leutnant Speckstein, Sie altes Dreckschwein! Hören Sie sofort damit auf, an meiner Kriegsbeute herumzufummeln!"

„Aber ich wollte doch nur mal testen, ob bei ihr auch alles schön stramm ist", rechtfertigte sich Leutnant Speckstein.

„Das können Sie getrost mir überlassen! Für derartige Untersuchungen sind Sie nicht ausreichend qualifiziert, Speckstein! Und jetzt gehen Sie auf Ihren Platz zurück und setzen Sie diesen … äh … Panzer in Bewegung!", befahl Staubwedel.

„Jawohl, Herr Gouverneur!", antwortete Speckstein und tat, was ihm befohlen wurde.

Das metallene Ungetüm rollte über die Lichtung, gefolgt von weiteren Panzern, die alles platt walzten, was ihnen in die Quere kam.

Elfen und Zwerge rannten ziellos durch die Gegend, während ihre Anführer, Gimply und Legohas, frustriert dastanden und hilflos mit ansahen, wie ihre Souveränität von teutomanischen Panzern überrollt wurde.

Schließlich ergriff Legohas das Wort und sprach zu Gimply: „Ich hätte nie gedacht, dass ich das einmal sagen würde, aber in Anbetracht der Tatsache, dass wir beide im selben Boot sitzen, beziehungsweise auf derselben Lichtung stehen, sollten wir unsere Fehde beenden und gemeinsam für die Wiedererlangung unserer Freiheit kämpfen."

„Was können wir mit unseren antiquierten Waffen schon gegen die hochgerüstete teutomanische Wehrmacht ausrichten?", fragte Gimply verzagt.

„Wir sollten zu meinem Onkel Elbomb ins Tal der Lustigen Elfen gehen und ihn bitten, eine Ratsversammlung einzuberufen. Irgendjemand wird schon eine Lösung finden", erklärte Legohas.

„Meinetwegen", sagte Gimply und schüttelte Legohas die Hand.

Damit war das Bündnis zwischen Elfen und Zwergen besiegelt.

Währenddessen flog der Helikopter über die Sieben Berge und Dick Bacchus verkaufte Billy und Frohodio je einen Fallschirm für den Absprung.

Frohodio stand zitternd vor der offenen Tür und wandte sich ängstlich zu Dick Bacchus um.

„Können Sie uns nicht doch lieber am Boden absetzen?", fragte er flehentlich.

„Dafür haben wir leider keine Zeit", antwortete Dick.

„Stell dich nicht so an, Frohodio! Wegen dir kommen unsere Freunde noch zu spät zu ihrer Sendung!", wies Billy seinen Neffen zurecht und schupste ihn anschließend zur Tür hinaus.

„Vielen Dank fürs Mitnehmen und auf Wiedersehen!", verabschiedete sich Billy und sprang.

„Auf Wiedersehen und vielen Dank für das tolle Filmmaterial!", rief Dick hinterher und winkte zum Abschied.

Die Fallschirme öffneten sich und die beiden Halblinge wurden von einer Windböe bergabwärts zu einer Kuhweide geweht. Dort landete Frohodio im Gras und Billy landete auf dem Rücken einer lila Kuh.

Er stieg ab und nahm das Tier in Augenschein, das sich nicht nur durch seine ungewöhnliche Fellfarbe, sondern auch durch die auf beiden Flanken stehende Aufschrift *Turbo-Milka* von seinen Artgenossen abhob.

„Hast du schon mal so eine Kuh gesehen, Frohodio?", fragte er seinen Neffen.

„Nein, so eine Kuh habe ich noch nie gesehen. Vielleicht haben wir es hier mit dem Geschöpf eines Zauberers zu tun", meinte Frohodio.

„Damit könntest du rechthaben", sagte Billy.

Er schaute sich um und sein Blick fiel auf einen nahe gelegenen Wald, der sich über den Fuß des Berges erstreckte.

„Lass uns in den Wald gehen und dort nach dem Besitzer dieser Kuh suchen! Vielleicht kennt er sich hier aus und kann uns helfen, nach Hause zu kommen", sprach Billy.

Frohodio nickte und so machten sie sich gemeinsam auf den Weg.

Billy und Frohodio folgten einem Trampelpfad durch den Wald, bis sie zu einer langen Schneise umgestürzter Bäume und plattgedrückter Büsche kamen.

„Hier sieht's ja aus, als wäre ein Panzer durchgefahren", sagte Billy bestürzt.

„Oder sogar eine ganze Reihe von Panzern. Vielleicht sind teutomanische Soldaten in der Nähe. Lass uns lieber umkehren!", erwiderte Frohodio.

Plötzlich rief jemand: „He, ihr da! Was macht ihr im Reservat der Sieben Zwerge?"

Billy und Frohodio drehten sich erschrocken um und erblickten zwei Kobolde. Diese sahen jedoch nicht nach Soldaten aus, sondern eher nach abgehalfterten Mittelalter-Fans.

Der eine Wicht war alt, hatte einen langen und buschigen grauen Bart und trug eine graue Robe, einen grauen Spitzhut mit weiter Krempe, sowie einen langen, knorrigen Wanderstab. Der andere Wicht war jung, trug einen zerschlissenen dunkelbraunen Umhang und hatte schulterlange schwarze Haare und einen Stoppelbart.

Billy sprach: „Guten Tag, die Herren! Wir suchen den Halter einer lila Kuh, die auf der Weide hinter uns abgestellt wurde."

Der graubärtige Alte erwiderte: „Nun, der bin ich. Steht meine Turbo-Milka etwa im Halteverbot?"

„Nein, keine Sorge! Ich fand das Tier nur sehr interessant und frage mich, ob sein Besitzer wohl ein Zauberer ist", sagte Billy.

Darauf sagte der Alte: „Ich bin in der Tat ein Zauberer. Mein Name ist Rammgalf von Rammelhausen und dies ist mein Gefährte, der Landstreicher Abrakorn."

„Es freut mich sehr, Ihre Bekanntschaft zu machen. Ich bin Billy Beutelschneider und das ist mein Neffe Frohodio. Wir kommen gerade aus einem teutomanischen Ferienresort und suchen nun nach einer Rückreisemöglichkeit ins Sauenland", erzählte Billy.

Rammgalf und Abrakorn tauschten zweifelnde Blicke aus und Rammgalf fragte: „Wie, bei allen Göttern, sind Sie denn aus Teutomania herausgekommen? Seit der Ring des Jodlers gestohlen wurde, werden dort sämtliche Halblinge verfolgt und in Meditationslager gesperrt."

„Das wissen wir", erwiderte Billy. „Wir waren in einem solchen Lager zu Gast und haben uns prächtig amüsiert. Die Zimmerausstattung war zwar äußerst dürftig, aber das Animationsprogramm war mörderisch gut."

Rammgalf und Abrakorn schauten verblüfft, und Billy erzählte nun alles, was er und Frohodio seit ihrer Ankunft in Teutomania erlebt hatten. Ob dieser unglaublichen Geschichte kamen Rammgalf und Abrakorn aus dem Staunen nicht mehr heraus.

„Sie haben Dieter Bodenlos mitsamt seinem Meditationslager in die Luft gejagt?", fragte Rammgalf ungläubig.

„Allerdings, und zwar mit Feuer und Zigarre!", bekräftigte Billy.

„Und du hast einen taubmachenden Zauberring aus einem Kaugummi-Automaten gezogen?", fragte Rammgalf Frohodio.

„Ja, so ist es. Sie können den Ring haben, wenn Sie uns dafür ins Sauenland bringen", antwortete Frohodio und streckte dem Zauberer den Ring entgegen.

Rammgalf betrachtete das kostbare Schmuckstück und las den eingravierten Text.

„Bei den Ohren des Osterhasen! Das ist der Ring des Jodlers!" rief er erstaunt aus.

„Beim Sack des Weihnachtswichtes!" rief Abrakorn ebenso erstaunt.

Rammgalf gab den Ring an Frohodio zurück und sprach: „Verwahre ihn gut, junger Halbling! Abrakorn und ich sind ausgezogen, um dieses Teufelsding zu finden und zu vernichten, doch da das Schicksal den Ring in deine Hand gegeben hat, musst du nun diese Bürde tragen."

„Ist das gut oder schlecht für mich?", fragte Frohodio.

„Wie man´s nimmt", sagte Rammgalf.

Im nächsten Augenblick kamen Gimply und Legohas des Weges.

Der Zauberer schaute die beiden verwundert an und sprach: „Ein Elf und ein Zwerg, die zusammen wandern gehen? Das ist ein ziemlich seltener Anblick."

Legohas sagte darauf: „Wir sind auf dem Weg zum Tal der Lustigen Elfen, um den Elferrat der Närrischen Völker zu konsultieren."

„Wenn das so ist, habt Ihr Glück mich getroffen zu haben. Ich bin Rammgalf von Rammelhausen und gehöre zu den Stammmitgliedern des Elferrats", sagte der Zauberkobold.

„Dann müsst Ihr uns helfen, o Zauberer!", flehte Legohas.

„Ich will sehen, was ich für euch tun kann. Tragt euer Anliegen vor", sprach Rammgalf.

So erzählten Gimply und Legohas abwechselnd von den jüngsten Ereignissen im Reservat der Sieben Zwerge.

Danach sprach Rammgalf: „Wir sollten diese Angelegenheit auf jeden Fall im Elferrat besprechen. Abrakorn, führe Legohas und Gimply ins Tal der Lustigen Elfen. Ich werde Billy und Frohodio auf meiner Kuh mitnehmen."

„So sei es", sprach Abrakorn.

Frohodio fragte den Zauberkobold: „Heißt das, Sie bringen uns mit Ihrer Kuh zurück ins Sauenland?"

„Wir machen zuerst einen Abstecher nach Großbrimboria", antwortete Rammgalf.

„Da werden wir mit einer Kuh aber ziemlich lange unterwegs sein", meinte Frohodio.

„Nein, ganz und gar nicht. Meine Kuh heißt nicht umsonst *Turbo-Milka*" erwiderte Rammgalf.

Kapitel III

Ferkelpolitik im Jodlerbüro

Im Zentrum von Berlinad-Dur, der Hauptstadt des Teutomanischen Reiches, erhob sich der *Schwarze Turm* des Jodlers, der seit der Machtergreifung der Nasalsozialisten als Reichskanzlei fungierte. Dieses Gebäude war ein schwarz verputztes Hochhaus mit dreizehn Stockwerken. Auf der obersten Etage stand das Penthouse des Jodlers, auf dessen Dach ein Fahnenmast mit der Flagge der Nasalsozialisten angebracht war.

Die Flagge hatte einen roten Grund mit einem weißen Klecks in der Mitte, auf dem ein Smiley mit Nasenbärtchen prangte. Dies war das Emblem der Nasalsozialisten.

Im zwölften Stock des Schwarzen Turms befand sich die Cafeteria. Dort saßen zwei Sekretärinnen an einem Tisch und hielten ihren täglichen Kaffeeklatsch ab. Die ältere von beiden war die ehrgeizige Chefsekretärin des Jodlers, die in der Geschichte der Kobolde noch eine bedeutende Rolle spielen sollte. Ihr Name war Angela Ferkel.

„Meinen Sie nicht auch, Frau Kollegin, dass Herr Fickler sich ein bisschen zu viel zugemutet hat? Immerhin ist er jetzt Jodler *und* Reichskanzler. Das sind zwei Ämter auf einmal, was mir für einen einzelnen Kobold doch ein wenig zu viel erscheint. Was halten Sie davon, wenn ich ihm das Amt des Reichskanzlers abnähme, damit er sich ungehindert dem Jodeln widmen kann?", fragte Angela Ferkel ihre Kollegin, die sich daraufhin an ihrem Kaffee verschluckte.

„Nun ja. Ihr Vorhaben ist sehr ambioniert, Frau Ferkel", sagte die Kollegin, nachdem sie wieder zu Atem gekommen war.

„Mag sein, aber ich fühle mich dieser Herausforderung gewachsen", entgegnete Angela Ferkel selbstbewusst.

Sie lehnte sich entspannt zurück und legte ihre Hände in Form einer Raute auf ihren Bauch.

„Und welche politischen Ziele wollen Sie als Kanzlerin verfolgen?", fragte die Kollegin.

„Oh, ich habe da schon ein paar hübsche Ideen, wie ich meine persönlichen Interessen auf Kosten des Gemeinwohls durchsetzen und dabei auch noch meinen Sadismus ausleben kann", erwiderte Angela Ferkel gemein grinsend.

„Und was sind das für Ideen?", fragte die neugierig gewordene Kollegin.

„Als erstes werde ich die Mehrwertsteuer erhöhen, damit sich die einfachen Leute weniger leisten können. Von dem dabei gewonnenen Geld werde ich dann mittels Diätenerhöhung so viel wie möglich in die eigene Tasche stecken", antwortete die angehende Kanzlerin.

„Alle Achtung, Frau Ferkel! Aus Ihnen spricht die Raffgier einer wahren Politikerin. Was wollen Sie sonst noch alles anstellen?", fragte die Kollegin weiter.

„Nun, ich habe vor, zusammen mit meinen bajuwarischen Verbündeten eine unverschämt hohe, aber völlig überflüssige Studiengebühr einzuführen, um eine weitere Diätenerhöhung zu finanzieren und nebenbei allen Studenten das Leben schwer zu machen. Darüber hinaus wollen wir uns aber auch schon auf Kosten der Schüler bereichern, indem wir die Schulzeit an Gymnasien um ein Jahr reduzieren, damit die jungen Leute ein Jahr früher arbeiten oder studieren und somit auch früher Steuern oder Studiengebühren zahlen müssen. Die zusätzlichen Einnahmen werden wir dann zur Erhöhung unserer Pensionen verwenden. Außerdem müssen die Schüler dann, um den Lehrstoff in kürzerer Zeit zu bewältigen, mehr Hausaufgaben machen, was mir eine besondere Schadenfreude bereitet", erklärte Frau Ferkel ungeniert.

„Ich bin beeindruckt. Sie sind ja noch teuflischer als der Jodler", meinte die Kollegin, woraufhin beide Koboldinen in irres Gelächter ausbrachen.

Unverhofft kam ein Kobold in brauner Uniform hinzu und sagte: „Guten Tag, die Damen! Was gibt es denn so überaus Komisches?"

Angela Ferkel drehte sich um und erkannte Joseph Goggels, den Reichsmarketingminister.

„Guten Tag, Herr Goggels! Möchten Sie sich nicht zu uns setzen?", begrüßte sie den Minister und bot ihm einen freien Stuhl an.

„Ja, gerne", antwortete Goggels und nahm Platz.

„Was haben Sie denn da Schönes in Ihrer Aktentasche, Herr Goggels?", fragte Frau Ferkel neugierig.

„Oh, darin befinden sich meine Entwürfe für die geplante Kriegspropaganda. Der Jodler hat mich nämlich damit beauftragt, ein Marketingkonzept für seine militante Außenpolitik zu entwickeln, um die Bevölkerung auf den bevorstehenden Krieg einzustimmen", erzählte Goggels.

„Dürfte ich vielleicht mal einen Blick auf Ihre Entwürfe werfen?", fragte Ferkel.

„Wenn Sie möchten", antwortete Goggels und leerte seine Aktentasche auf dem Tisch aus.

Ferkel nahm eines der Textblätter und las laut vor:

„Habt ihr Lust auf einen Krieg?"

Sie schüttelte den Kopf und meinte: „An diesem Entwurf muss noch etwas verbessert werden."

Sie zog einen Kugelschreiber aus ihrer Jackentasche, strich Goggels´ Text durch und schrieb ihren eigenen Entwurf darunter.

„Wie wäre es damit?", fragte sie kess und reichte Goggels das Textblatt.

Der Minister setzte seine Brille auf und las die Worte: „Habt ihr Lust auf den totalen Krieg?"

Eine kurze Stille trat ein, als Goggels gedankenverloren auf den Text blickte. Schließlich sprang er vom Stuhl auf und rief: „Ja, das ist es! Absolut genial! Diesen Entwurf muss ich sofort dem Jodler zeigen!"

Er rollte das Textblatt zusammen und rannte zum Ausgang der Cafeteria.

„Warten Sie, Herr Goggels! Ich begleite Sie!", rief ihm Frau Ferkel hinterher.

Sie packte ihre noch nicht ganz leere Tasse und folgte Goggels aus der Cafeteria hinaus in den Flur, wo sich ein Fahrstuhl befand.

„Der Jodler wird gewiss begeistert sein", sagte Goggels zu Ferkel, als sie beide vor der geschlossenen Aufzugtür warteten.

„Sie werden doch hoffentlich nicht vergessen, dem Jodler von meiner kreativen Mitarbeit zu erzählen?", fragte Ferkel argwöhnisch.

„Oh! Äh … sicher nicht. Ich werde Ihren Beitrag nicht unerwähnt lassen", versprach der Marketingminister mit künstlichem Lächeln.

Gleich darauf öffnete sich die Fahrstuhltür. Vier braun uniformierte Kobolde stiegen aus und zeigten Herrn Goggels und Frau Ferkel im Vorbeigehen den Mittelfinger.

Goggels und Ferkel erwiderten diese höfliche Geste und stiegen anschließend in den Fahrstuhl. Der Minister drückte die Taste „13" und der Aufzug setzte sich in Bewegung.

Angela Ferkel schlürfte den letzten Rest Kaffee aus ihrer Tasse und warf dann einen kritischen Blick auf Goggels Schuhe. „Verzeihung, aber Ihr rechter Schuh ist auf", sagte sie.

„Tatsächlich?", fragte Goggels und bückte sich.

„Reingefallen!", rief Ferkel und schmetterte ihre Kaffeetasse mit voller Wucht auf Goggels Kopf. Die Tasse zerbrach und der Reichsmarketingminister fiel bewusstlos zu Boden.

Die Tür öffnete sich im dreizehnten Stock vor Ferkels Büro, hinter dem das Büro des Jodlers lag.

„Jetzt kann mich niemand mehr aufhalten", sprach sie zu sich.

Sie hob das Blatt mit dem Propagandatext auf und steckte es in ihre Jackentasche. Anschließend zog sie den bewusstlosen Marketingminister aus dem Fahrstuhl und schleifte ihn zu einem großen Wandschrank, um ihn darin einzusperren.

Nachdem sie Goggels verstaut hatte, ging sie zur Bürotür des Jodlers und klopfte dreimal an, jedoch ohne eine Antwort zu erhalten. Nach einer Weile öffnete sie einfach die Tür und trat ein.

Das Jodlerbüro war ein sehr hoher und großflächiger Raum, in dessen Mitte ein breiter Schreibtisch aus Eichenholz stand. Die Wände waren mit den Bannern der Nasalsozialisten geschmückt, und hinter dem großen Schreibtisch saß der Jodler auf einem bequemen Ledersessel mit außergewöhnlich hoher Lehne.

Er trug eine braune Uniform mit roter Smiley-Armbinde, sowie einen dunkelgrünen Filzhut mit Gamsbart, der an seine Herkunft aus den Sieben Bergen erinnerte.

Als Ferkel näher trat, stellte sie fest, dass ihr Chef gerade in ein spezielles Erotikmagazin vertieft war, das Bilder von nackten Elfen auf ungesattelten Pferden enthielt.

„Bitte entschuldigen Sie die Störung, mein Jodler! Ich würde Ihnen gerne etwas zeigen, das Sie noch mehr als nackte Elfen interessieren dürfte", sagte die Koboldine forsch.

Der Jodler senkte seine Zeitschrift und kratzte sein akkurat gestutztes Nasenbärtchen.

„Was könnte einen Kobold wie mich denn noch mehr interessieren, als nackte Elfen, die auf ungesattelten Pferden reiten?", fragte er.

„Bitte verstehen Sie mich nicht falsch, mein Jodler! Es ist mir selbstverständlich bewusst, dass nackte Elfen einen wichtigen Beitrag zum allgemeinen Wohlbefinden männlicher Kobolde leisten. Doch sollten Sie, verehrter Jodler, dabei nicht das Ziel der nasalsozialistischen Bewegung aus den Augen verlieren, das doch in der Eroberung der ganzen Mittleren Märchenwelt besteht. Zu diesem Ziel habe ich einen ansehnlichen Beitrag geleistet, indem ich einen neuen Propagandaslogan kreiert habe, welcher die Kriegsbegeisterung des Volkes auf den Siedepunkt bringen wird", erklärte sie und überreichte dem Jodler ihren Entwurf.

Als Fickler die Worte „Habt ihr Lust auf den totalen Krieg?" las, war er davon begeistert und sprach: „Großartig, Frau Ferkel! Sie sind ein Genie! Mit dieser raffinierten und psychologisch ausgefeilten Propaganda werden wir die Massen manipulieren und jeden einzelnen Teutomanen in eine brutale Killermaschine verwandeln. Warum ist das nicht meinem Marketingminister eingefallen? Wo steckt der Kerl eigentlich?"

„Herr Goggels hat sich für heute krank gemeldet. Er ist auf dem Weg zur Arbeit gegen einen Laternenpfahl gerannt und hat sich dabei eine schwere Gehirnerschütterung zugezogen", antwortete Ferkel.

„Was für ein Hornochse! Solche Blindgänger kann ich in meinem Kabinett nicht gebrauchen. Vielleicht sollte ich Sie zu seiner Nachfolgerin ernennen", meinte Fickler.

Angela Ferkel sprach: „Vielen Dank, mein Jodler! Ich habe allerdings noch einen besseren Vorschlag. Wie wäre es, wenn Sie mich zur Reichskanzlerin ernennen würden?"

„Aber ich bin doch selbst schon Reichskanzler!", entgegnete Fickler empört.

„Genau genommen sind Sie Jodler und Reichskanzler zugleich, was für Sie eine doppelte Belastung bedeutet. Mit Ihrem Einverständnis würde ich Ihnen bereitwillig das Amt des Reichskanzlers abnehmen, damit Sie sich in Zukunft ungestört Ihrer Tätigkeit als Jodler widmen können", schlug die Koboldine vor.

Fickler schüttelte den Kopf und erwiderte: „Sie haben doch von Tuten und Blasen keine Ahnung!"

„Wie kommen Sie darauf, dass ich von solchen Dingen keine Ahnung hätte? Lassen Sie die Hosen runter, und ich werde Ihnen beweisen, dass ich eine ganze Menge vom Blasen verstehe!", entgegnete Frau Ferkel.

Der Jodler ging um den Schreibtisch herum, trat vor sie hin und erklärte: „Ich gebe Ihnen eine Chance, Ihre Qualifikation unter Beweis zu stellen."

Er knöpfte seine Hose auf und sprach: „Dann zeigen Sie mal, was Sie drauf haben, Sie geiles Ferkel!"

Als die Kanzlerkandidatin vor dem Jodler niederkniete und sich gerade an die Arbeit machen wollte, stürmte unverhofft der Reichsproduzent Heinrich Pimmler mit erhobenem Mittelfinger herein und rief aus voller Kehle: „Geil, mein Jodler!"

Frau Ferkel sprang vom Boden auf und der Jodler zog sich schnell die Hosen hoch.

„Heinrich, was fällt dir ein, hier einfach so reinzuplatzen?! Ich hoffe, du hast einen guten Grund für diese unverschämte Störung", schimpfte der Jodler.

„Den habe ich, Adolf. Meine Agenten haben mir soeben berichtet, dass es in einem unserer Meditationslager einen Ausbruch gegeben hat. Wir wissen nicht, wie sie es angestellt haben, aber allem Anschein nach haben die Ausbrecher das ganze Lager in die Luft gesprengt", erzählte Pimmler.

„Was? Das ist ja ungeheuerlich!", rief der Jodler.

„Das ist noch nicht alles. Wir haben durch die Explosion auch unseren besten Mann verloren: Oberst Dieter Bodenlos", fügte Pimmler hinzu.

„Dieter Bodenlos, unser Experte für musikalische Folter- und Hinrichtungsmethoden?", fragte der Jodler schockiert.

Pimmler nickte und der Jodler schlug mit der Faust auf den Tisch.

„Diese verfluchten Halblinge! Gibt es irgendwelche Hinweise auf die Täter?"

„Ja, meine Agenten haben ein paar überlebende SDSDS-Soldaten gefunden, die während der Explosion außerhalb des Lagers Strip-Poker gespielt hatten. Ihren Aussagen nach erfolgte der Ausbruch mit einem Hubschrauber, der auf einmal aus dem Nichts aufgetaucht sein soll. Bei den Ausbrechern soll es sich um zwei Halblinge handeln, die sich angeblich gegen die Musik von Oberst Bodenlos als resistent erwiesen haben. Einer der Soldaten konnte sich noch an die Namen der beiden erinnern", berichtete Pimmler.

„Und wie lauten ihre Namen?", fragte Fickler.

„Billy und Frohodio Beutelschneider", antwortete Pimmler.

Der Jodler stand einen Moment lang sprachlos da und wiederholte dann langsam den Namen: „Billy Beutelschneider."

„Kennst du diesen Halbling etwa persönlich?", fragte Pimmler.

„Allerdings! Ich kenne Billy noch aus meiner Jugend, und meine Erfahrungen mit diesem Dreckskerl sind auch der Grund dafür, worum ich alle Halblinge verfolgen lasse. Billy hat sich damals auf dem Sommerzeltlager eine Elfe geschnappt, die ich unbedingt für mich haben wollte.

Das ist zwar schon fast hundert Jahre her, aber ich habe es nicht vergessen und ich glaube, dass dieser gemeine Halunke auch für den Diebstahl meines Rings verantwortlich ist. Erst treibt er es mit meiner Elfe und jetzt versucht er mir auch noch meine Macht zu rauben!

Aber das wird ihm nicht gelingen. Der Endsieg wird mein sein. Ich werde Billy und seine ganze minderwertige Rasse vernichten! Diese notgeilen Halblinge sind der Abschaum der Märchenwelt und ich werde sie allesamt ausrotten! Sie sollen alle dafür büßen, dass Billy mir damals die Sommerferien verdorben hat!", schrie Fickler.

Ferkel und Pimmler sagten nichts dazu, doch tauschten sie Blicke aus, die verrieten, wie sie den Geisteszustand ihres Jodlers einschätzten.

Nachdem Fickler sich wieder gefasst hatte, wandte er sich an seine Noch-Sekretärin und Kanzlerkandidatin: „Frau Ferkel, bringen Sie mir die *Sehende Melone!*"

„Wie Sie wünschen, mein Jodler", sagte Ferkel und ging zu einem der Wandbehänge, um das dahinter verborgene Geheimfach freizulegen.

Sie öffnete die kleine Eisentür mit dem Schlüssel und holte daraus eine Wassermelone hervor, die sie ihrem Chef vor die Nase legte. Der Jodler ließ seine Hände über der Frucht kreisen und sprach dazu die Worte:

„Melone, zeig´ uns frohgemut und heiter
  den Schurken Billy Beutelschneider!"

Dieser Zauberspruch bewirkte, dass die Oberfläche der Melone einen Augenblick aufleuchtete und anschließend Landschaftsbilder von den Sieben Bergen zeigte. Dabei veränderte sich die Perspektive so lange, bis Billy Beutelschneider in Großaufnahme zu sehen war, wie er sich gerade mit Rammgalf unterhielt.

„Was?! Billy und dieser vermaledeite Zauberer, der meinen Sturz prophezeit hat! Ich wette, die beiden schmieden gerade ein Komplott gegen mich", grollte der Jodler.

Sodann fiel sein Blick auf den Ring, den Frohodio in diesem Augenblick aus der Tasche zog.

„Mein Ring! Dieser verfluchte Halbling hat meinen Ring!", rief der Jodler aufgeregt.

Ferkel und Pimmler schauten in die Melone und Pimmler fragte: „Bist du sicher, dass das dein Ring ist, Adolf?"

„Natürlich bin ich mir sicher! Ich erkenne meinen Ring, wenn ich ihn sehe. Wir müssen sofort die Schwarzen Biker aussenden!"

„Ich kümmere mich darum", sagte Pimmler.

Fickler nickte bestätigend.

Daraufhin verließ Pimmler das Büro und fuhr mit dem Aufzug in die Tiefgarage des Schwarzen Turms. Dort stieg er aus und ging an den geparkten Autos vorbei, bis er zu einem Fahrradständer kam, in dem neun schwarz lackierte Mountainbikes steckten. Daneben war eine schmale Tür, durch die man in den Aufenthaltsraum der Schwarzen Biker gelangte. Pimmler trat ein und blickte auf die mit schwarzen Trikots bekleideten Kobolde, die zusammen an einem runden Tisch saßen und Karten spielten.

„Stillgestanden, Männer!", rief er.

Gehorsam sprangen die Radfahrer auf und standen stramm.

„Ich habe einen Auftrag für euch: Sucht den Ring des Jodlers, findet ihn und bringt ihn zu mir!", befahl Pimmler.

„Wird gemacht, Herr Reichsproduzent!", antworteten die Radfahrer, schnappten sich ihre Sturzhelme und marschierten hinaus in die Tiefgarage.

Pimmler trat vor die hoch motivierten Radsportler, die nun startbereit im Sattel saßen, und sprach zu ihnen: „Der Ring des Jodlers befindet sich derzeit im Besitz der schwerkriminellen Halblinge Billy und Frohodio Beutelschneider, die zuletzt in den Sieben Bergen gesichtet wurden. Ihr begebt euch dorthin und liquidiert die Zielpersonen! Anschließend bringt ihr den Ring des Jodlers direkt zu mir, ohne sonst jemanden über den Fund zu informieren! Verstanden?"

„Jawohl, Herr Reichsproduzent!", antworteten die Radfahrer.

Pimmler zog nun einen leuchtenden Schlüssel aus seiner Jackentasche und sprach die Zauberformel:

„Es ist wieder mal so weit
für ein Tor durch Raum und Zeit!"

Daraufhin erschien ein Türschloss in der Luft, in das er den Schlüssel steckte und ihn herumdrehte. Kaum hatte er dies getan, da erbebte die Tiefgarage, das Licht flackerte und die geparkten Autos begannen, wie von Geisterhand zu hupen. Nach wenigen Augenblicken war der Spuk vorbei und ein schwarzes Feld in der Form eines aufrecht stehenden Rechtecks ragte wie eine Tür ins Nichts neben Pimmler empor.

Die Schwarzen Biker waren beunruhigt und tuschelten miteinander, doch Pimmler befahl: „Maulhalten!"

Sogleich kehrte Ruhe ein und Pimmler erteilte den Radfahrern genaue Instruktionen bezüglich ihrer Mission.

„Also, Männer!", sprach er. „Was ihr hier vor euch seht, ist ein magisches Dimensionsportal, durch welches ihr in den Hyperraum gelangt. Der Hyperraum ist ein Intermundus zwischen Chaos und Kosmos. Von dort aus könnt ihr zu jedem beliebigen Ort des Universums reisen und zu jeder beliebigen Zeit dort ankommen. Allerdings kann man sich in der Unendlichkeit sehr leicht verirren, weshalb ihr euch unbedingt an die dort aufgestellten Wegweiser halten solltet! Habt ihr alles verstanden?"

„Jawohl, Herr Reichsproduzent!", antworteten die Radfahrer im Chor.

„Dann los!", befahl Pimmler.

Die Schwarzen Biker traten in die Pedalen und fuhren nacheinander durch das Portal.

Kapitel IV

Kuhreiter und Radfahrer

In der Zwischenzeit hatten Rammgalf, Billy und Frohodio die Weide erreicht und gingen auf Rammgalfs Turbo-Milka zu.

Der Zauberer streichelte seine lila Kuh, die sogleich ein zufriedenes Muhen von sich gab. Anschließend drückte er Frohodio seinen Stab in die Hand und sagte: „Sei so nett und halte meinen Stab, bis wir in Großbrimboria gelandet sind! Wenn ich allein unterwegs bin, binde ich ihn immer an Turbo-Milkas Schwanz fest, aber das hat sie nicht so gern."

„Wie Sie wünschen, Herr von Rammelhausen", erwiderte Frohodio und nahm den Stab.

Der Zauberer schwang sich auf den Rücken seiner Kuh.

„Na, da bin ich aber mal gespannt, was dieses Vieh so auf dem Kasten hat", sagte Billy und stieg hinter Rammgalf auf.

Frohodio nahm hinter seinem Onkel Platz.

Rammgalf packte die Kuh bei den Hörnern und gab ihr die Sporen, woraufhin sie laut muhend über den Hügel galoppierte. Im wilden Ritt sprach er die Zauberformel:

„Der Treibstoff ist nicht allzu teuer.
  Drum flieg jetzt los mit Drachenfeuer!"

Kaum hatte Rammgalf diese Worte gesprochen, begann es in der Kuh kräftig zu rumoren und ein Feuerstrahl schoss aus ihrem Hintern.

„Festhalten!", rief Rammgalf.

Das rasende Milchvieh hob vom Boden ab und stieg mit hoher Geschwindigkeit in die Lüfte.

„Fantastisch! Ein völlig neues Flugerlebnis!", rief Billy.

Frohodio dagegen kniff ängstlich die Augen zu und kämpfte gegen die aufkommende Übelkeit an.

Rammgalf lenkte die Kuh mit ihren Hörnern, die wie Flugzeugsteuerknüppel funktionierten und nahm Kurs auf Großbrimboria.

Abrakorn, Legohas und Gimply streiften gemütlich durch den Wald, bis sie zu einer runden Lichtung kamen.

Abrakorn blieb stehen und sprach: „Dieser Ort lädt zum Verweilen ein. Lasst uns hier eine Rast einlegen!"

„Einverstanden", stimmte Legohas zu.

„Das ist bislang der beste Vorschlag des Tages. Ich habe einen Bärenhunger", sagte Gimply.

So ließen sie sich in der Mitte der Lichtung zu einem Picknick nieder und genossen die wärmenden Sonnenstrahlen. Legohas reichte leckeren Elfenkuchen herum, den seine Großmutter nach einem alten Geheimrezept gebacken hatte. Abrakorn steuerte ein paar Schokoriegel bei und Gimply spendierte jedem eine Dose Bier. Nachdem die Gefährten mit Speise und Trank versorgt waren, zog Legohas eine alte Laute aus seinem Rucksack und fragte an: „Sagt, liebe Freunde: Darf ich euch wohl mit Spiel und Gesang erheitern?"

„Wir würden eine musikalische Darbietung sehr zu schätzen wissen", antwortete Abrakorn.

„Leg los!", forderte Gimply den Elfen auf.

Legohas begann zu spielen und sang dazu ein altes Elfenlied:

„Einst lebte eine holde Maid,
Die täglich trug ein neues Kleid
Und die für jeden weit´ren Kauf
Nahm immer neue Schulden auf.

Drum suchte sie nach einem Held
Mit Edelmut und ganz viel Geld,
Der sie von ihren Schulden rette,
Um mit ihr zu gehen ins Bette.

Bald fand sie einen Edelmann
Und machte sich gleich an ihn ran.
Der Edelmann, es war doch kaum zu glauben,
Wollt´ ihr auf der Stell´ die Unschuld rauben.

Da zierte sich die Maid nicht lang,
Denn sie hatte einen starken Hang
Zu des Herren Geld und Gold,

Denn solchen Schätzen war sie hold.

Doch nachdem der stolze Edelmann
Der Maid gezeigt hat, was er kann,
Da war nur er auf seine Kosten gekommen
Und hat der Maid ihre Hoffnung genommen.

So gestand er ihr voll Dreistigkeit:
Er sei verschuldet gar so weit,
Dass er keinen Heller mehr besäße –
Und machte dazu noch seine Späße.

So blieb die Maid auf ihren Schulden sitzen
Und musste vorm Gerichtsvollzieher schwitzen.
Als dieser kam zu ihr nach Haus,
Da zog sie ihre Kleider aus.

Davon war der Herr sehr angetan
Und nahm die Maid gleich in den Arm.
Bald trieben sie es wild und deftig,
In allen Varianten heftig.

Schließlich hat er sie zur Frau genommen,
Womit sie ihren Schulden war entkommen.
Seitdem verprasst sie ihres Mannes Geld
Für allen Plunder dieser Welt.

„Ja, so sind die Weiber!", rief Gimply lachend und applaudierte.
„Dieses Lied ist wahrlich geeignet, jedem Manne als Warnung vor der
Ehe zu dienen", sagte Abrakorn und applaudierte ebenfalls.
„Es beruht auf wahren Begebenheiten. Sämtliche Vorkommnisse, von
denen das Lied uns kündet, haben sich tatsächlich so zugetragen",
erklärte Legohas.
Abrakorn fragte: „Darf ich daraus schließen, dass du die besungene
Maid persönlich kennst?"
„Ja, sie heißt Schneeflittchen und ist meine Schwester", antwortete
Legohas.

Gimply war überrascht und sagte: „Ich wusste gar nicht, dass deine Schwester verheiratet ist. Als ich letzte Nacht in ihr Lager eindrang, fand ich sie allein vor."

„Ihr Gemahl ist schon vor Jahren verstorben. Nachdem er Schneeflittchen leichtsinnigerweise Zugang zu seinem Girokonto gewährt hatte, erlitt er einen Herzinfarkt, als er drei Tage später einen Blick auf den Kontostand warf", erzählte Legohas.

„Ich verstehe", sagte Gimply.

Plötzlich erschraken die Gefährten bis ins Mark, als unweit von ihnen ein greller Blitz zuckte, der aus dem Nichts zu kommen schien und von krachendem Donner begleitet wurde.

„Seht!", rief Abrakorn und deutete auf ein aufrecht stehendes Rechteck aus Finsternis, welches auf einmal am Rande der Lichtung emporragte. Gimply und Legohas wandten sich um und erblickten die unheimliche Erscheinung.

„Was ist das?", fragte Gimply.

„Es sieht bedrohlich aus", sagte Legohas und begann am ganzen Leib zu zittern.

„Mach dir bloß nicht wieder in die Hose!", ermahnte ihn Gimply.

Sodann kamen neun schwarz gekleidete Gestalten auf ihren schwarz lackierten Mountainbikes nacheinander aus dem schwarzen Tor geradelt und umzingelten die Gefährten.

„Oh nein! Das sind die Schwarzen Biker!", rief Abrakorn, woraufhin Legohas in Ohnmacht fiel.

Einer der Schwarzen Biker erhob den Mittelfinger und sprach: „Geil Fickler! Ich bin Reinhard Heidewicht, Hauptmann der Schwarzen Biker, und habe ein paar Fragen an euch."

„Wir haben nichts zu verbergen", beteuerte Abrakorn.

„Das will ich schwer hoffen! Wir sind auf der Suche nach zwei Halblingen, die einen magischen Ring bei sich tragen. Habt ihr die beiden zufällig gesehen?", fragte Hauptmann Heidewicht.

Abrakorn antwortete darauf: „Uns sind vor etwa einer Stunde zwei Halblinge begegnet, die sich nach dem Weg nach Isargard erkundigt haben."

„Nach Isargard?", fragte der Hauptmann.

„Ja, die wollten das dortige Hofbräuhaus besuchen", behauptete Abrakorn.

„Und wir haben ihnen ein gutes Weißbier empfohlen", fügte Gimply hinzu.

„Vielen Dank für diese Auskunft!", sprach Heidewicht erfreut und machte sich mit seinen Leuten davon.

„Die haben wir ausgetrickst", sagte Gimply lachend, nachdem die Schwarzen Biker außer Sicht waren.

„Ja, aber die werden wieder kommen. Wir sollten uns lieber beeilen", entgegnete Abrakorn.

Gimply beugte sich zu dem ohnmächtigen Elfen herab und verpasste ihm ein paar Ohrfeigen.

„Aua! Was fällt dir ein, du grober Zwerg!", schimpfte Legohas.

„Du solltest dich schämen, im Angesicht der Gefahr einfach in Ohnmacht zu fallen!", tadelte ihn Gimply.

„Wenigstens habe ich mir diesmal nicht in die Hose gemacht", entgegnete Legohas.

„Das wäre ja noch schöner gewesen!", erwiderte Gimply.

„Was ist eigentlich geschehen? Habt ihr diese üblen Radfahrer in die Flucht geschlagen?", fragte der Elf.

„Gewissermaßen. Aber wir sollten nicht mehr hier sein, wenn sie zurückkommen", antwortete Gimply.

Daraufhin packten sie ihre Sachen zusammen und setzten ihren Weg zum Tal der Lustigen Elfen fort.

Der Jodler war in der Zwischenzeit allein mit Frau Ferkel und prüfte ihre Qualifikation für das Kanzleramt.

Als Pimmler aus der Garage zurückkam, wartete er vor der Tür des Jodlerbüros, bis keine Stöhnlaute mehr zu hören waren. Dann klopfte er an und wurde ein paar Sekunden später hereingebeten.

„Die Schwarzen Biker sind unterwegs", berichtete er.

„Sehr gut. Gibt es sonst noch etwas?", fragte Fickler, der nun ziemlich gut gelaunt wirkte.

„Nun, ich halte es für angebracht, die Schwarzen Biker bei der Ausführung ihres Auftrags zu beobachten", meinte Pimmler.

„Ja, du hast Recht, Heinrich. Werfen wir noch einen Blick in die Melone!", erwiderte der Jodler.

Er ließ erneut seine Hände über der Frucht kreisen und sprach:

„Melone! Melone!

Du bist wahrlich nicht ohne!
Die Schwarzen Biker zeige uns nun,
denn wir haben schließlich noch mehr zu tun!"

Die Schwarzen Biker waren sogleich in Großaufnahme zu sehen. Fickler klopfte nun dreimal auf die Melone und fing dann aufs Heftigste zu jodeln an, sodass sich Ferkel und Pimmler die Ohren zuhalten mussten.

Die Schwarzen Biker radelten durch die Gegend, als aus dem schwarzen Rucksack, welchen der Hauptmann auf dem Rücken trug, auf einmal ein furchtbares Gejodel dröhnte. Sofort hielten die neun Radfahrer an. Der Hauptmann sprang aus dem Sattel und holte eine Wassermelone aus seinem Rucksack.

„Wir haben Ihren Ruf vernommen, verehrter Jodler", sprach der Hauptmann und klopfte dreimal auf die Melone, auf deren Oberfläche nun Ficklers Gesicht erschien.

Als der Hauptmann seinen Jodler erblickte, zeigte er ihm den Mittelfinger.

Fickler erwiderte den Gruß und forderte den Hauptmann auf, über den bisherigen Verlauf seiner Mission zu berichten.

„Es läuft hervorragend, mein Jodler! Wir haben gerade drei Wanderer getroffen, die uns von ihrer Begegnung mit zwei Halblingen erzählt haben. Nach Auskunft dieser Wanderer sind die Halblinge auf dem Weg nach Isargard, wohin wir ihnen folgen", sagte der Hauptmann.

„Ausgezeichnet, Heidewicht! Machen Sie weiter so!", lobte der Jodler.

Er wollte den Kontakt gerade abbrechen, als sich Frau Ferkel einmischte und ihn zur Seite schob.

„Verzeihung, mein Jodler!", entschuldigte sie sich und wandte sich anschließend dem Hauptmann in der Melone zu. „Was waren das für Wanderer, denen Sie begegnet sind?", fragte sie.

„Die Gruppe bestand aus einem Kobold, einem Zwerg und einem Elf, wobei der Elf bei unserem Anblick in Ohnmacht fiel", antwortete Heidewicht.

„Das kommt mir sehr verdächtig vor", sagte Ferkel an den Jodler gewandt. „Mit Ihrer Erlaubnis würde ich gern die Sehende Melone einsetzten, um zu überprüfen, ob sich die gesuchten Halblinge tatsächlich auf dem Weg nach Isargard befinden."

„Meinetwegen", sagte er.

So klopfte Frau Ferkel dreimal auf die Melone und sprach:

„Melone! Zeig´ uns frohgemut und heiter
  noch einmal Billy Beutelschneider!"

Daraufhin erschien die lila Kuh mit Rammgalf, Billy und Frohodio.
Ferkel sprach: „Die sind bestimmt nicht auf dem Weg nach Isargard.
Der Zauberer weiß, dass die Stadt über eine Flugabwehr verfügt und
seine Kuh in ganz Teutomania durch die Schokoladenwerbung
bekannt ist. Diese ominösen Wanderer haben die Schwarzen Biker an
der Nase herumgeführt."

„So eine Unverschämtheit!", schimpfte Fickler.

„Anscheinend sind die Schwarzen Biker der Verschlagenheit dieses
Beutelschneiders nicht gewachsen. Deshalb schlage ich vor, dass Sie
mir die Aufgabe übertragen, Ihren Ring wiederzubeschaffen.
Allerdings würde ich vorher gerne wissen, ob ich den Eignungstest für
das Kanzleramt bestanden habe", sagte die ehrgeizige Koboldine.

„Ja, Sie haben eine befriedigende Leistung erbracht und mich mit Ihrer
Zungenfertigkeit davon überzeugt, dass Sie eine tüchtige Kanzlerin
abgeben. Sie haben den Job", erklärte der Jodler.

„Hurra, ich bin Kanzlerin!", rief Ferkel und machte vor Freude einen
Luftsprung.

Danach schüttelte sie Fickler die Hand und sprach: „Vielen Dank,
mein Jodler! Sie werden Ihre Entscheidung nicht bereuen."

Pimmler sprach: „Dann gratuliere auch ich Ihnen zu Ihrem neuen Amt,
Frau Ferkel."

„Danke, Herr Reichsproduzent!", antwortete sie und schüttelte auch
ihm die Hand.

Anschließend sagte Fickler zu ihr: „Ich hoffe, dass Sie Ihrer
Verantwortung als Kanzlerin gerecht werden, Frau Ferkel. Und
vergessen Sie nicht, dass ich als Jodler mit diktatorischen Vollmachten
immer noch der höchste Kobold im Reich und damit auch weiterhin
Ihr Vorgesetzter bin!"

„Ich werde immer daran denken, mein Jodler", antwortete sie.

Ferkel und Pimmler salutierten vor dem Jodler und verließen mit
dessen Zustimmung das Büro.

Im Vorzimmer wurde Pimmler auf Klopfgeräusche und dumpfe Hilferufe aufmerksam, die aus dem Wandschrank zu kommen schienen.

„Was sind das für merkwürdige Laute?", fragte er.

„Oh, das ist nichts. Das sind nur Holzwürmer, die sich in dem alten Schrank eingenistet haben", antwortete die neue Kanzlerin.

„So laute Holzwürmer habe ich noch nie gehört" entgegnete Pimmler misstrauisch.

Noch ehe Ferkel eine Erklärung abgeben konnte, brach plötzlich die Schranktür auf und Joseph Goggels kam daraus hervor.

„Frau Ferkel, Sie hinterhältiges Miststück! Sie haben mich niedergeschlagen und in diesen Schrank gesperrt, damit Sie dem Jodler mein Propagandakonzept als Ihr eigenes präsentieren können! Aber wenn Sie glauben, ich lasse mir von Ihnen meinen Posten wegnehmen, dann haben Sie sich geschnitten!", brüllte er aufgebracht.

„Nun beruhigen Sie sich mal, Herr Goggels, sonst stören Sie noch den Jodler bei der Arbeit! An Ihrem Posten habe ich nicht das geringste Interesse, zumal ich inzwischen einen wesentlich besseren innehabe. Während Sie bewusstlos waren, wurde ich zur Kanzlerin befördert. Somit bin ich nun Ihre Vorgesetzte, Herr Goggels", erwiderte sie schnippisch.

„Wie bitte? Das geht doch nicht mit rechten Dingen zu! Ich werde den Jodler unverzüglich darüber aufklären, was Sie hier für ein mieses Spiel treiben!", erklärte der wütende Wicht.

Die neue Kanzlerin zog ein Stöckchen aus der Innentasche ihrer rosa Jacke, zielte damit auf Goggels und sagte: „Das würde ich an Ihrer Stelle lieber bleibenlassen!"

„Glauben Sie etwa, Sie können mir mit diesem Stöckchen Angst einjagen? Wollen Sie mir damit vielleicht auf die Finger hauen?", spottete er.

„Sie sollten lieber nicht spotten, Goggels! Dieses Stöckchen ist nämlich ein Zauberstab, den ich als erfahrene Hexe auch zu gebrauchen weiß", entgegnete Ferkel.

Goggels lachte über diese Drohung, doch die Kanzlerin meinte es ernst und sprach die Worte: „Makabrer Kadaver!" Sogleich schoss ein Blitzstrahl aus der Spitze ihres Zauberstabs und traf Goggels in die Brust. Der Getroffene ging in Flammen auf und zerfiel zu einem Häufchen Asche.

Als nächstes richtete die Hexe ihren Zauberstab auf Pimmler und sagte: „Nehmen Sie es nicht persönlich, Herr Pimmler! Sie haben einfach zu viel gesehen."

Doch der Reichsproduzent nahm es persönlich und zog nun ebenfalls einen Zauberstab aus der Jackentasche.

„Wenn Sie mich töten wollen, müssen Sie mich erstmal im Duell besiegen, denn auch ich beherrsche die dunklen Künste! Aber ich schlage Ihnen ein Bündnis als Alternative vor. Gemeinsam könnten wir den Jodler vernichten und uns die Herrschaft teilen", erklärte er.

„Ich habe nicht die Absicht, Fickler zu töten. Wenn ich ihn entbehren könnte, dann hätte ich ihn schon längst beseitigt. Aber als Jodler ist er für meine Pläne unverzichtbar. Nur mit Hilfe seiner demagogischen Jodelkünste ist es möglich, die Kampfbegeisterung unserer Soldaten soweit anzustacheln, dass sie diesmal auch wirklich in den Krieg ziehen. Andernfalls ist zu befürchten, dass sie sich auf dem Weg zur Front wieder wie im letzten Krieg ins Rotlichtmilieu diverser Großstädte verirren", erwiderte Ferkel.

Pimmler sagte darauf: „Nun, ich wüsste da noch eine andere Methode, wie wir die Kampfmoral unserer Truppen effektiv steigern können. Dieser Beutelschneider hat zwar meinen genialen Folterexperten Dieter Bodenlos in die Luft gejagt, aber in unseren Archiven haben wir seine musikalischen Werke aufbewahrt.

Ich schlage vor, dass wir zur Abschreckung auf dem Exerzierplatz jeder Kaserne ein Grammophon aufstellen und den Soldaten der Wehrmacht damit drohen, ihnen im Falle einer Niederlage einen Song von Dieter Bodenlos vorzuspielen."

„Hm, das könnte funktionieren. Da kommt mir auch noch eine Idee: Wir könnten doch jede Kompanie mit einem Grammophon ausrüsten und den Befehl geben, auf dem Schlachtfeld die mörderischen Produktionen von Dieter Bodenlos abzuspielen, um die feindlichen Streitkräfte in die Flucht zu schlagen. Allerdings müssten wir vorher genügend Ohropax an unsere Leute verteilen, damit daraus kein Selbstmordkommando wird", meinte die Kanzlerin.

„Ein ausgezeichneter Plan! Auf diese Weise wird unsere Streitmacht unbesiegbar sein, sodass wir die Märchenwelt auch ohne den Jodler erobern können", antwortete Pimmler begeistert.

„Ja, so werden wir es anstellen. Schlagen Sie ein, Herr Pimmler!", erwiderte Ferkel.

Die beiden Schwarzmagier steckten ihre Zauberstäbe weg und besiegelten ihren Pakt per Handschlag.

Nachdem Pimmler gegangen war, nahm Ferkel Schaufel und Besen zur Hand, um die Asche des tragisch verstorbenen Joseph Goggels zusammenzukehren und sie im Papierkorb zu bestatten.

„So, und jetzt werde ich mich um diese fliegende Kuh kümmern", sagte die Hexe und griff zum Telefon.

„Luftwaffenstützpunkt Berlinad-Dur, Major Andersrum am Apparat", meldete sich der Dienst habende Offizier.

„Andersrum, hier spricht Angela Ferkel, die neue Kanzlerin des Reiches!"

„Neue Kanzlerin?"

„Jawohl, der Jodler hat mich soeben zur Kanzlerin ernannt. Und ich habe einen Auftrag für Sie: Starten Sie sofort mit einer Flugzeugstaffel und suchen Sie den teutomanischen Luftraum nach einer fliegenden Kuh ab!"

„Nach einer fliegenden Kuh?", fragte er.

„Ja, nach einer fliegenden Kuh, und zwar nach einer lila Kuh! Unter den Passagieren befinden sich zwei kriminelle Halblinge, die kürzlich aus einem Meditationslager ausgebrochen sind. Sie haben das Lager mitsamt dem Kommandanten Dieter Bodenlos in die Luft gesprengt."

„Dieter ist tot? Das ist ja großartig! Äh … ich meine, das ist ja schrecklich, dass so ein großartiger Mann jetzt tot ist."

„Schon gut, Andersrum. Sie brauchen nicht zu heucheln. Ich weiß, dass Sie immer neidisch auf Ihren Ex-Kameraden waren. Doch nun haben Sie die Möglichkeit, in seine Fußstapfen zu treten. Ich will, dass sie diese Kuh abschießen und anschließend die Leichen der Passagiere nach einem kleinen goldenen Ring durchsuchen. Wenn Sie mir diesen Ring bringen, werde ich Sie zur Belohnung zum Oberst befördern."

„Sie können sich auf mich verlassen, Frau Ferkel. Ich bringe Ihnen den gewünschten Ring. Aber wo finde diese Kuh?"

„Sie ist von den Sieben Bergen aus in Richtung Norden geflogen. Wahrscheinlich überquert sie gerade die Provinz Bajuwarenland."

„Verstanden. Ich fliege sofort los. Geil Fickler!"

„Geil Fickler!", erwiderte Ferkel und legte auf.

Sie rieb sich begierig die Hände und murmelte: „Schon bald wird der Ring des Jodlers mir gehören."

Kapitel V

Schneeflittchen und der geile Kobold

General Edmund Staubwedel, der Gouverneur der Provinz Baju-warenland, war inzwischen von seinem Feldzug gegen die Sieben Zwerge nach Isargard zurückgekehrt und befand sich nun wieder an seinem Arbeitsplatz in der Staatskanzlei.

Der siegreiche Feldherr betrachtete lüstern seine Kriegsbeute, das schöne Schneeflittchen, das gefesselt und geknebelt auf einem Stuhl saß.

„Du bist wirklich ein fesches Madel! Mir zwo werden uns ganz wunderbar miteinander verstehen", sagte er grinsend.

Schneeflittchen wollte widersprechen, doch da sie einen Knebel im Mund hatte, brachte sie nur ein paar dumpfe Laute hervor. General Staubwedel wollte sie gerade von ihrem Knebel befreien, als auf einmal das Telefon läutete.

Er nahm den Hörer ab und fragte ungehalten: „Welcher Neidhammel stört mich bei der Betrachtung meiner Kriegsbeute?"

„Angela Ferkel", meldete sich die Koboldine.

„Oh! Ich dachte, da wäre ein Neidhammel am Apparat, aber mit einem Ferkel hatte ich nicht gerechnet", scherzte der Gouverneur.

„Sehr witzig, Sie ausgefranster Staubwedel! Sie sollten in Zukunft etwas respektvoller mit mir reden, denn ich bin seit heute Ihre Vorgesetzte! Der Jodler hat mich nämlich soeben zur Kanzlerin des Teutomanischen Reiches ernannt."

„Wie bitte?! Na, da hat der Jodler ja was angestellt!"

„Was soll das heißen? Zweifeln Sie etwa an meiner Kompetenz?"

„Äh… dazu möchte ich mich nicht äußern. Ich komme übrigens gerade aus den Blauen Bergen … äh … aus den Sieben Bergen zurück und habe bei meinem Feldzug nicht nur das Reservat der Sieben Zwerge erobert, sondern außerdem noch die … äh… vollbusige Tochter des Elfenkönigs erbeutet, die bei den Zwergen zu Gast war", erzählte Staubwedel.

„Es freut mich zu hören, dass die bajuwarische Expansionspolitik gut vorangeht. Wie steht es eigentlich um den Gefangenen, den ich Ihnen übergeben habe? Wird er gut genug bewacht, damit wir auch seinen Komplizen festnehmen können, falls dieser kommt, um ihn zu befreien?", fragte die Kanzlerin.

„Seien Sie unbesorgt, Frau Ferkel! Das … äh … diebische Heinzelmännchen ist in unserem Verlies bestens aufgehoben", antwortete der Gouverneur.

„Gut, dann bleiben Sie wachsam und befehlen Sie Ihren Männern außerdem, nach flüchtigen Halblingen zu suchen! Meinen neuesten Informationen zufolge sind zwei sauenländische Touristen namens Billy und Frohodio Beutelschneider in den Besitz des Ringes gelangt. Wahrscheinlich hatte der Meisterdieb den Ring irgendwo in dem Meditationslager versteckt, aus dem die beiden ausgebrochen sind."

„Und was ist mit dem Säbel des Kaiserkobolds?", fragte Staubwedel.

„Es gibt keine Anhaltspunkte dafür, dass er bereits gefunden wurde. Deshalb müssen wir ja unbedingt den Meisterdieb fangen, damit er uns das Versteck des Säbels verrät. Also strengen Sie sich gefälligst an, Herr Staubwedel!", erwiderte Ferkel.

„Streng dich doch selber an, du blöde Kuh!", knurrte Staubwedel, nachdem die Kanzlerin aufgelegt hatte.

Sodann ging er zu Schneeflittchen und nahm ihr endlich den Knebel aus dem Mund. Die Prinzessin nutzte sofort die Gelegenheit, um sich über ihre Entführung zu beklagen.

„Es ist ungeheuerlich, wie respektlos man als Elfe von euch Kobolden behandelt wird! Ihr seid genauso ungehobelt wie die Zwerge! Und jetzt binden Sie mich endlich los!", herrschte sie ihren Entführer an.

„Stehst du etwa nicht auf solche Fesselspielchen?", fragte der geile Gouverneur.

„Ich bin heute nicht in der Stimmung für so etwas. Ich habe Kopfschmerzen", erwiderte die Prinzessin.

„Oh, das tut mir leid. Soll ich dir einen Reisbeutel … äh … einen Eisbeutel holen?", fragte Staubwedel.

„Nein, ich habe jetzt Lust auf Pralinen", erklärte Schneeflittchen.

„Pralinen habe ich leider keine da. Aber ich kann dir welche bringen lassen. Du darfst mich übrigens Edmund nennen", sagte er.

„Binde mich jetzt endlich los, damit ich dir für die Unannehmlichkeiten, die du mir bereitet hast, eine Ohrfeige geben kann, Edmund!",
forderte Schneeflittchen.

„Na, wenn du mir eine Ohrfeige geben willst, lasse ich dich lieber gefesselt, bis du dich wieder beruhigt hast", erwiderte der Gouverneur.
Schneeflittchen wollte protestieren, doch Staubwedel knebelte sie sofort wieder und ließ sie dann mitsamt dem Stuhl, an den sie gefesselt war, von den Sicherheitswichten in ein Nebenzimmer bringen.
Danach schickte er Leutnant Speckstein zum Supermarkt, um Pralinen zu kaufen.

Ungefähr eine halbe Stunde später, nachdem Leutnant Speckstein mit einer Schachtel Pralinen vom Supermarkt zurückgekehrt war und sie Gouverneur Staubwedel ausgehändigt hatte, ging der Gouverneur in das Nebenzimmer, nahm Schneeflittchen den Knebel aus dem Mund und überreichte ihr die Pralinen.

„Hallo, Schneeflittchen! Ich hab dir etwas mitgebracht", sagte er vergnügt.

„Das wurde aber auch langsam Zeit! Und jetzt steh nicht so dumm herum und binde mich endlich los!", befahl Schneeflittchen.

„Nur wenn du mir versprichst, eine brave Muschi zu sein und nicht davonzulaufen!", erwiderte Staubwedel.

„Ich verspreche es", sagte Schneeflittchen.

„Und du wirst mir auch keine Ohrfeige geben?", fragte Staubwedel.

„Nein, ich werde ganz artig sein", antwortete die Elfe mit künstlichem Lächeln.

So befreite er sie von ihren Fesseln, doch Schneeflittchen dachte gar nicht daran, artig zu sein. Wütend packte sie den Kobold am Kragen, hob ihn hoch und schüttelte ihn.

„Du ungehobelter Wicht hast wohl geglaubt, ich würde mich von dir einfach so als Beutegut behandeln lassen, wie? Aber ich werde dir schon beibringen, wie man sich einer Dame gegenüber benimmt!",
drohte Schneeflittchen.

„Lass mich sofort runter, du …äh… du hysterische Elfenzicke!",
schimpfte der Kobold.

Gleich darauf kam Speckstein herein und blieb verblüfft stehen, als er seinen Vorgesetzten in dieser unvorteilhaften Position sah.

„Speckstein! Stehen Sie nicht so dumm herum! Schlagen Sie sofort Alarm!", brüllte Staubwedel.

„Jawohl, Herr Gouverneur!", antwortete Speckstein und drückte den Alarmknopf.

Eine Sirene ertönte und zehn bewaffnete Koboldsoldaten stürmten den Raum und umzingelten Schneeflittchen.

„Lassen Sie sofort den Gouverneur los!", befahl Speckstein.

Schneeflittchen setzte ihn ab und sagte: „Wenn ihr eure Waffen nicht hättet, dann wärt ihr nichts weiter als kleine grüne Wichte!"

„Schweig, du …äh… unwillige Schlampe! Du wirst deine Aufsässigkeit noch bitter bereuen! Wachen, führt sie ab und sperrt sie in den …äh… in den Kerker!", befahl der Gouverneur.

So wurde Schneeflittchen in das mittelalterliche Verließ unter der Staatskanzlei gebracht und dort in eine düstere Zelle gesperrt. Darin befand sich nicht einmal eine einfache Pritsche, sodass sich Schneeflittchen auf dem mit Stroh ausgelegten Zellenboden niederlassen musste. An den kalten Steinwänden rann die Feuchtigkeit herab und es herrschte ein modriger Geruch in der Zelle.

Schneeflittchen schluchzte in ohnmächtiger Wut: „Oh, ihr Götter! Warum habt ihr uns Elfen nur mit der Erschaffung dieser abscheulichen kleinen Wichte bestraft?!"

„Hast du etwas gegen kleine Wichte?", fragte eine Stimme neben ihr.

Als Schneeflittchen sich umdrehte, sah sie auf einmal ein Heinzelmännchen neben sich sitzen, das sie mit großen Augen anschaute. Der Wicht hatte struppige grüne Haare und trug einen dazu passenden grünen Anzug.

„Wer bist du denn?", fragte Schneeflittchen.

„Ich bin Baldrian und höre es gar nicht gern, wenn sich jemand so abfällig über kleine Wichte äußert", antwortete das beleidigte Heinzelmännchen.

„Oh, damit habe ich nur diese Kobolde gemeint, die mich aus den Sieben Bergen entführt und nun hier eingesperrt haben", erklärte Schneeflittchen.

„Mich haben sie auch eingesperrt, diese Schweinewichte!", erwiderte Baldrian.

„Weswegen haben sie dich denn eingesperrt?", fragte die Elfe.

„Ich war einmal der oberste Kammerdiener des Kaiserkobolds und würde es auch heute noch sein, wenn ich nicht dieser verdammten Hexe begegnet wäre", antwortete Baldrian.

„Von welcher Hexe sprichst du?", fragte Schneeflittchen.

„Ich spreche von Angela Ferkel, der neuen Kanzlerin. Sie ist eine Hexe und hat mich damals mit einem Bann belegt, damit ich den kaiserlichen Säbel für sie stehle. Ich konnte mich ihrem Bann nicht entziehen und musste gehorchen. Doch nachdem ich den Säbel gestohlen hatte und gerade auf dem Weg zum vereinbarten Treffpunkt war, wurde ich von meinem Vetter Löwenzahn überfallen", berichtete Baldrian.

„Einen Moment mal! Ich verstehe nicht ganz, warum dich dein eigener Vetter überfallen hat", sagte Schneeflittchen.

„Nun, mein Vetter ist leider ein übler Halunke. Er ist ein berüchtigter Räuber und Dieb, der eine besondere Vorliebe für magische Gegenstände hat. Jedenfalls musste ich der Hexe dann mit leeren Händen gegenübertreten, woraufhin sie einen furchtbaren Wutanfall bekam und mich in einen Frosch verwandelte. Danach packte sie mich und nahm mich mit zu sich nach Hause, wo sie mich in einem Terrarium gefangen hielt. Vier Wochen danach brach der Erste Märchenweltkrieg aus, der bekanntlich nach zwei Wochen mit der Niederlage der Teutomanen endete und dazu führte, dass die Teutomanen sämtliche Elfen als Kriegstribut abgeben mussten, welche zuvor im Reichstag gestrippt hatten.

„Erinnere mich bloß nicht daran!", seufzte Schneeflittchen.

„Wieso? Warst du etwa auch eine von diesen Stripperinnen?", fragte Baldrian.

„Ja, ich habe mich von einem windigen Halbling namens Billy Beutelschneider dazu überreden lassen, einen Vertrag bei seiner Erotikagentur zu unterschreiben. Billy versprach mir das große Geld, wenn ich mit ihm nach Berlinad-Dur gehen und im Reichstag auftreten würde. Anfangs lief auch alles super, aber nachdem die Teutomanen den Krieg verloren hatten, wurde ich von franziskanischen Soldaten verschleppt, die von mir verlangten, dass ich *umsonst* auftrete. Ein Auftritt ohne Bezahlung! Das muss man sich mal vorstellen! Ich habe mich natürlich strikt geweigert und bin bei der nächsten Gelegenheit abgehauen und in die Sieben Berge zurückgekehrt", erzählte Schneeflittchen.

„Und wie bist du dann hierher gekommen?", fragte Baldrian.

„Ich wurde zuerst von den Sieben Zwergen und danach von General Staubwedel entführt, welcher das Reservat der Sieben Zwerge heute Morgen erobert hat. Oh, wie ich es hasse, dass mich alle Männer als Beutestück betrachten! Aber nun erzähl´ mal, wie du wieder ein Heinzelmännchen geworden bist", erwiderte Schneeflittchen.

„Angela Ferkel hat mich einen Monat nach Kriegsende wieder zurückverwandelt und mir einen neuen Auftrag gegeben. Inzwischen war der Jodler an die Macht gekommen und Frau Ferkel hatte von ihm eine Anstellung als Sekretärin erhalten. Sie war jedoch nach wie vor entschlossen, die Herrschaft über das Teutomanische Reich an sich zu reißen, weshalb sie mir befahl, den Ring des Jodlers zu stehlen."

„Was will denn diese Angela Ferkel mit Adolfs Ring? Der ist doch nur dazu da, um Elfen zu verzaubern", wandte Schneeflittchen ein.

„Frau Ferkel meinte, der Ring ließe sich zu jedem beliebigen Zweck einsetzen. Aber woher weißt du überhaupt von den Kräften des Rings und warum nennst du den Jodler beim Vornamen? Kennst du ihn etwa persönlich?", fragte Baldrian.

„Ja, ich kenne Adolf. Aber über diese Affäre möchte ich nicht reden", antwortete sie.

„Wie du meinst. Jedenfalls nahm ich den Auftrag der Hexe notgedrungen an und schlich mich nachts in das Schlafzimmer des Jodlers, um ihm seinen Ring vom Finger zu ziehen, doch Löwenzahn kam mir zuvor. Ich erwischte ihn auf frischer Tat und versuchte, ihm den Ring abzunehmen. Es kam zu einem Kampf zwischen uns, bei dem er leider gewann und mich bewusstlos schlug. Als ich wieder zu mir kam, befand ich mich in einer Zelle", erzählte der gescheiterte Ringdieb.

„Aber wie bist du von Berlinad-Dur nach Isargard gekommen?", fragte die Elfe.

„Ich wurde von Frau Ferkel und Herrn Fickler persönlich verhört. Da ich um mein Leben bangte, gab ich alle Antworten, die mir Frau Ferkel bei der Befragung in den Mund legte. So behauptete ich, dass Löwenzahn und ich von Billy Beutelschneider engagiert worden waren, was der Jodler sofort glaubte. Damit war jeglicher Verdacht von Frau Ferkel abgelenkt, doch um sicherzugehen, dass ich meine Aussage nicht widerrufen würde, ließ sie mich von ihren Leuten heimlich nach Isargard überführen."

„Da bist du ja in eine richtig üble Sache hineingeraten. Wenn diese Angela Ferkel wirklich so böse ist, wie du sagst, kannst du von Glück reden, dass du überhaupt noch am Leben bist", meinte Schneeflittchen.

„Das hat mit Glück nicht viel zu tun. Die Hexe lässt mich nur am Leben, weil sie darauf hofft, dass Löwenzahn versuchen wird mich zu befreien. Sie und der Gouverneur wollen ihn in eine Falle locken und benutzen mich als Köder. Doch so wie ich meinen selbstsüchtigen Vetter kenne, wird er wahrscheinlich nichts unternehmen, um mich hier rauszuholen. Aber wenn er es doch tut, wird er in die Falle gehen. Unsere Lage ist in jedem Fall hoffnungslos", klagte Baldrian und seufzte traurig.

„Verzage nicht, liebes Heinzelmännchen! Ich bin Prinzessin Schneeflittchen, die Tochter des Elfenkönigs und die Nichte des Fürsten Elbomb, welcher der Vorsitzende im Elferrat der Närrischen Völker ist. Die edelsten Ritter der Märchenwelt werden zu meiner Rettung eilen", sprach die Elfe voller Zuversicht.

Kapitel VI

Eine Flugreise mit Turbo-Milka

Rammgalf, Billy und Frohodio flogen mit der lila Kuh entspannt über die Felder Bajuwarenlands und genossen das schöne Wetter, bis auf einmal eine Flugzeugstaffel am Horizont auftauchte.

„Oh weh! Das sieht nach Schwierigkeiten aus!", rief Rammgalf.

„Was ist denn los? Geht Ihrer Kuh etwa der Treibstoff aus?", fragte Billy.

„Nein, das nicht. Aber da vorne sind einige Flugzeuge in Sicht, die geradewegs auf uns zufliegen. Möglicherweise haben die es auf uns abgesehen", antwortete Rammgalf.

„Das wäre schon möglich. Aber als Zauberer haben Sie doch sicher ein paar Tricks auf Lager, um dieses Problem in Luft aufzulösen, oder?", meinte Billy.

„Brauchen Sie Ihren Zauberstab dazu?", fragte Frohodio.

„Nein, den brauche ich nicht. Meine Kuh verfügt über ein eingebautes Verteidigungssystem", erklärte der Zauberer.

Die feindlichen Maschinen kamen schnell näher und waren bald als eine in Dreiecksformation fliegende Staffel von sieben Doppeldeckern zu erkennen.

Das Leitflugzeug war mit Major Thomas Andersrum und dessen Freundin Nora Klammergriff bemannt. Major Andersrum steuerte den Flieger, während seine Freundin hinter ihm am Maschinengewehr saß.

„Unbekanntes Flugobjekt auf 12 Uhr", meldete Andersrum.

Nora Klammergriff zog ein Fernglas hervor und schaute hindurch.

„Das ist eine lila Kuh mit drei Reitern", stellte sie fest und drehte an ihrem Fernglas, bis sie die einzelnen Kuhreiter scharf sah.

„Ein Kobold als Pilot und zwei Halblinge als Passagiere. Das sind die Zielpersonen. Los, Thomas! Flieg auf die Kuh zu!", befahl Nora.

„Ja, Schatz!", erwiderte er.

„Allem Anschein nach steht uns ein Luftgefecht mit einer teutoman-ischen Fliegerstaffel bevor", verkündete Rammgalf.

Billy war darüber erfreut und sagte: „Das klingt vielversprechend. Die Teutomanen sind immer für Unterhaltung gut."

Frohodio war jedoch verängstigt und jammerte: „Oh weh! Oh weh!"

Rammgalf klappte die Spitzen der Kuhhörner auf und legte so die roten Knöpfe frei.

„Nun werdet ihr sehen, was dieses Baby so alles draufhat", sagte Rammgalf.

Er drückte die Knöpfe und aus den Augen der Kuh schossen lila Laserstrahlen heraus, die das Leitflugzeug nur knapp verfehlten. Andersrum zog den Steuerknüppel zurück, um an Höhe zu gewinnen und weiteren Angriffen zu entgehen. Rammgalf feuerte sofort auf einen anderen Flieger. Diesmal trafen die Laserstrahlen und brachten die Maschine zum Absturz.

„Treffer!", rief Rammgalf.

„Guter Schuss!", gratulierte Billy.

Frohodio war sprachlos.

Zwei weitere Jäger folgen von zwei Seiten auf die Kuh zu und nahmen sie ins Visier. Rammgalf riss die Kuhhörner nach hinten und das Tier startete wie eine Rakete senkrecht nach oben. Die Schützen der beiden Kampfflieger feuerten, verfehlten die Kuh und trafen stattdessen gegenseitig ihre eigenen Piloten. Daraufhin stießen beide Flugzeuge zusammen und stürzten ab.

Turbo-Milka stieg weiter in die Höhe und die übrigen Jäger nahmen die Verfolgung auf.

Billy warf einen Blick nach unten und rief: „Die Kerle sind immer noch hinter uns!"

„Aber nicht mehr lange! Haltet euch fest!", erwiderte der Zauberer.

Er zog die Hörner seiner Kuh noch weiter nach hinten und brachte sie so dazu, einen Looping zu fliegen. Als die Kuh kopfüber durch die Lüfte flog, verlor Frohodio den Halt und rutschte von Turbo-Milkas Rücken. Billy und Rammgalf waren so sehr auf das Kampfgeschehen konzentriert, dass sie nichts davon bemerkten.

So raste Frohodio ungebremst dem Erdboden entgegen und sah mit Entsetzen, wie der Wald unter ihm immer näher kam.

„Bei allen Göttern!", stieß Frohodio erschrocken hervor.

Auf einmal fing die Spitze des Magier-Stabes zu leuchten an und Frohodios Fall wurde durch eine geheimnisvolle Macht gebremst. Wie von Geisterhand getragen, schwebte Frohodio zwischen den Bäumen hindurch und landete sanft auf der Erde.

Indessen hatte Turbo-Milka den Looping vollendet und sauste nun im Sturzflug auf eine der Jagdmaschinen zu. Rammgalf feuerte auf die feindlichen Flugzeuge und brachte ein weiteres von ihnen zum Absturz.

„Ich erwisch dich noch, du dummes Milchvieh!", drohte Nora und schoss daneben.
„Wollen wir nicht lieber nach Hause fliegen, Nora? Ich glaube, die sind zu gut für uns", wandte Thomas ein.
„Nein, du Schlappschwanz! Das ist genau die Einstellung, wegen der du nie mit dem Dieter mithalten konntest!"
Das konnte Thomas Andersrum nicht auf sich sitzen lassen und flog der Kuh hinterher.
Nora zielte auf den Kopf des Zauberers und feuerte erneut. Dann geschah das Unglaubliche: Die Kugeln trafen Rammgalfs Hut, der durchlöchert von dessen Haupt gerissen wurde.
„Mein Hut!" rief Rammgalf entsetzt.
„Na wartet! Euch werde ich´s zeigen, ihr Hutmörder!", knurrte er wütend.
In einem waghalsigen Manöver wendete er seine Kuh und zielte auf das feindliche Flugzeug.
„Fahrt zur Hölle!", rief er und drückte ab.
Doch Major Andersrum hatte schon kurz zuvor den Steuerknüppel angezogen, sodass Rammgalfs Schuss sein Ziel verfehlte.
Andersrum drehte ab, gefolgt von seinen restlichen Männern, doch der zornige Zauberer nahm die Verfolgung auf.

„He, was soll das Thomas! Warum drehst du ab? Ich hätte ihn fast erledigt!", protestierte Nora.
„Du hast ihn wütend gemacht! Und vor wütenden Zauberern, die auf lila Kühen reiten, habe ich schreckliche Angst!", gestand der Major.
„Du elender Feigling!", schimpfte Nora.

Billy warf einen Blick nach unten und entdeckte dabei Rammgalfs Hut, der immer noch durch die Luft flog und vom Wind gen Osten geweht wurde.

„He, Herr Zauberer! Da drüben fliegt etwas, das Ihnen gehört!", rief er.

„Mein Hut!", rief Rammgalf.

Er wendete erneut und flog seinem Hut hinterher, der von einer Böe auf den Kopf einer Vogelscheuche geweht wurde.

Andersrum und die anderen Piloten brachen auf Noras Befehl ihren Rückzug ab und nutzten die Gelegenheit, die Kuhreiter von hintern anzugreifen.

„Die Teutomanen sind wieder hinter uns her!", rief Billy.

Rammgalf wendete nicht, sondern ging in den Sinkflug in Richtung Vogelscheuche.

Die Teutomanen feuerten, trafen aber nicht, da Rammgalf mit seiner Kuh im Zickzack flog. Kurz bevor er die Vogelscheuche erreichte, kam eine neue Windböe auf, die seinen Hut mit sich trug. Sogleich riss er die Kuhhörner zurück und stieg erneut in die Höhe.

Von den teutomanischen Piloten, die der Kuh nachjagten, schaffte es nur Andersrum, seine Maschine noch rechtzeitig hochzuziehen. Die anderen zwei Jäger zerschellten vor der Vogelscheuche.

„Oh, nein! Ich habe meinen Hut aus den Augen verloren!", klagte Rammgalf.

Billy schaute sich um und sah, wie der Wind Rammgalfs geliebte Kopfbedeckung zu einem alleinstehenden Bauernhaus blies.

„Dort fliegt er!", rief er und deutete in die entsprechende Richtung.

Rammgalf nahm Kurs auf den Bauernhof, dessen Eigentümer ein bajuwarischer Kobold war, der gerade auf der Wiese vor seinem Haus stand und mit einer Sense das Gras mähte.

„Da fliegt mein Hut! Los, schnappen Sie ihn!", forderte Rammgalf.

Billy streckte seinen rechten Arm aus und bekam den durchlöcherten Filzhut im Vorbeiflug zu fassen.

„Ich habe ihn!", rief er und setzte ihn auf Rammgalfs Haupt.

„Vielen Dank, Herr Beutelschneider! Dieser Hut ist ein Erbstück meines Großvaters und von großem Wert für mich", erklärte Rammgalf, wobei er sich zu Billy umdrehte.

„Vorsicht! Wir rasen geradewegs auf das Haus zu!", rief Billy. Als sich Rammgalf erschrocken nach vorne wandte, sah er die bevorstehende Kollision mit dem Bauernhaus, doch gelang ihm in letzter Sekunde eine 90°-Kurve, sodass seine Kuh um Haaresbreite an der Hauswand vorbeischrammte.

Als Thomas Andersrum das Haus unmittelbar vor sich sah, verlor er die Nerven.
„Oh, oh! Nichts wie weg hier!", rief er und betätigte den Schleudersitz.
„Thomas! Komm sofort zurück!", brülle Nora.
Gleich darauf krachte das Flugzeug zusammen mit Nora Klammergriff in das Bauernhaus und ging in Flammen auf.

Der Bauer eilte entsetzt herbei und rief: „Herrgott! Mei′ schön′s Heiserl!"
In diesem Augenblick kam Nora schreiend und mit brennender Uniform aus dem Haus gerannt, das hinter ihr zusammenbrach. Nora warf sich zu Boden und rollte sich auf dem Rücken, um die Flammen zu ersticken. Nachdem dies geschafft war, rappelte sie sich leicht benommen und von schmerzenden Verbrennungen und Prellungen gepeinigt wieder auf.
Plötzlich stand der Bauer vor ihr und schimpfte mit drohend erhobener Sense: „Du damische Henne! Du hoast mei′ Haus zerdeppert!"
„Was? Ich verstehe kein Wort. Reden Sie gefälligst hochdeutsch! Geil Fickler!", sprach Nora und zeigte dem Bauern den Mittelfinger.
„I geb dir *Geil Fickler*, du ausgschamtes Sau-Preißenluder!", erwiderte der Bauer wütend.
Er holte mit seiner Sense aus und schlug Nora den Kopf ab.

„Sie sind ein erstklassiger Pilot, Herr von Rammelhausen! Es macht wirklich Spaß, mit Ihnen zu fliegen", sagte Billy.
„Danke! Sie dürfen mich übrigens Rammgalf nennen."
„Gerne. Sie können mich Billy nennen. Mit Ihren Fähigkeiten könnten Sie an Wettbewerben teilnehmen, Rammgalf."
„Oh, das tue ich auch. Letztes Jahr habe ich mit Turbo-Milka sogar den ersten Platz beim Hexen-und-Zauberer-Rennen belegt. Der Schulleiter von Shockwarts, der mit einem getunten Rennbesen angetreten war, hat ziemlich dumm aus der Wäsche geguckt, als ich

ihn überholt habe. Aber jetzt bastelt er an einer fliegenden Badewanne, mit der er mich beim nächsten Mal schlagen will."

„Das klingt spannend. Ich werde mir das Rennen anschauen. Was meinst du dazu, Frohodio? Kommst du auch mit?", fragte Billy und drehte sich um.

Erst jetzt bemerkte er, dass Frohodio nicht mehr da war.

„Rammgalf! Frohodio ist weg!"

„Oh, nein! Er hatte meinen Stab bei sich! Wir müssen sofort nach ihm suchen, bevor meinem Stab etwas zustößt!", rief Rammgalf und drehte mit der Kuh um.

Frohodio lief mit Rammgalfs Wanderstab durch den Wald und dachte: *„Hoffentlich kommen Billy und Rammgalf bald. Man weiß ja nie, was für Wesen sich in einem solchen Wald herumtreiben. Vielleicht gibt es hier sogar Ungeheuer."*

Auf einmal wurde er von einer dunklen und laut schallenden Stimme aus seinen Gedanken gerissen.

„Hallo, du kleines Kerlchen! Komm doch mal her, damit ich dich besser sehen kann!", rief die Stimme.

Frohodio schaute sich erschrocken um, doch konnte er niemanden entdecken.

„Hier drüben bin ich!", hallte es durch den Wald.

„Ich sehe niemanden!", rief Frohodio, doch fiel ihm eine alte Eiche auf, deren Äste sich bewegten, obwohl völlige Windstille herrschte und die anderen Bäume reglos dastanden.

„Dann kauf dir eine Brille, du Blindschleiche! Du schaust doch genau in meine Richtung!", erwiderte die Stimme.

Frohodio war höchst irritiert, doch ging er nun vorsichtig auf die Eiche zu, die ihm mit ihren Ästen zuzuwinken schien. Als er sich dem mysteriösen Baum näherte, entdeckte er in dessen Stamm zwei runde Augen, einen breit grinsenden Mund und eine knorrige Knollennase.

Der Halbling blieb sofort stehen und starrte verblüfft auf das Baumgesicht.

„Was glotzt du so blöd?", fragte die Eiche.

„Ich habe noch nie zuvor einen Baum mit Gesicht und Sprachbegabung gesehen", antwortete Frohodio.

„Ich bin ja auch kein gewöhnlicher Baum. Ich bin ein echter Quasselbaum! Mein Name ist übrigens Holzkopf."

„Es freut mich, Ihre Bekanntschaft zu machen, Herr Holzkopf. Mein Name ist Frohodio Beutelschneider", sagte er, nachdem er die Fassung und seine guten Manieren wiedergefunden hatte.

Darauf sagte Holzkopf: „Das ist aber ein seltsamer Name für einen Zwerg. Du siehst auch ziemlich seltsam aus für einen Zwerg. So schmächtig und ganz ohne Bart. Hast du deinen Bart etwa bei einer Wette verloren?"

„Nein, ich habe noch nie einen Bart getragen. Und ich bin auch kein Zwerg, sondern ein Halbling!"

„Ein Halbling? Ist das eine neue Spezies?"

„Eigentlich gibt es uns schon länger. Aber wir leben nicht in diesem Teil der Märchenwelt. Unsere Heimat ist das Sauenland."

„Davon habe ich noch nie etwas gehört. Erzähl mir doch ein wenig von diesem Sauenland! Was gibt es denn für Bäume dort?"

„Nun, das Sauenland ist eine Insel im Mittleren Märchenmeer. Dort gibt es hauptsächlich Palmen."

„Ah, Palmen! Ich hatte mal eine Affäre mit einer Palme. Sie hieß Barcelona und war ein wunderschönes Gewächs. Allerdings war sie auch ziemlich zickig, weshalb es mit uns auf Dauer nicht geklappt hat", sagte Holzkopf und erging sich dann in eine ausführliche Schilderung seiner damaligen Beziehungsprobleme.

Plötzlich krachte Turbo-Milka durch das Geäst und landete mit Billy und Rammgalf neben Frohodio und Holzkopf.

„Da ist ja der Ausreißer!", rief Billy.

„Und mein Stab ist noch unversehrt! Den Göttern sei Dank!", stieß Rammgalf erleichtert hervor.

„Ich bin im Looping heruntergefallen und in diesem Wald gelandet", erklärte Frohodio.

„Hallo, Rammgalf! Schön, dass du vorbeischaust", sagte der Baum.

„Ah, Holzkopf! Grüß dich, alter Junge! Wir sind eigentlich nur auf der Durchreise", erwiderte Rammgalf.

„Schade! Ich habe mich gerade mit Frohodio über meine verflossene Liebe unterhalten und könnte noch sehr viel mehr von ihr erzählen", sagte Holzkopf.

„Das glaube ich gern, aber wir müssen jetzt wirklich los. Mach´s gut, alter Knabe!", sprach Rammgalf.

Billy betrachtete den merkwürdigen Baum und sagte zu ihm: „War ihre Geliebte eine Elfe? Ich könnte Ihnen gegen ein entsprechendes Honorar eine neue beschaffen."

„Nein, sie war doch keine Elfe. Barcelona war eine Palme, aber so zickig wie eine Kaktee!", erwiderte Holzkopf.

„Palmen und Kakteen haben wir leider nicht in unserem Sortiment. Aber wenn Sie es mal mit einer Elfe probieren möchten…"

„Beeil dich, Billy! Wir müssen weiter!", drängte Rammgalf.

„Ja, ich komme schon!", erwiderte Billy und steckte dem Quasselbaum seine Visitenkarte in die Nase.

Holzkopf nieste die Karte heraus und schüttelte sich. Billy und Frohodio stiegen hinter Rammgalf wieder auf.

Sie winkten alle drei dem Quasselbaum zum Abschied und trabten dann mit Turbo-Milka aus dem Wald heraus, um über der offenen Weide erneut loszufliegen.

Major Andersrum landete mit seinem Fallschirm knapp hinter dem eingestürzten Bauernhof und seufzte: „Oh weh! Mein Flugzeug ist hinüber. Aber wenigstens bin ich jetzt die nervige Nora los."

„So, so! Dann woa des also dei´ Fluchzeuch!", ertönte eine barsche Stimme hinter dem Major.

Er drehte sich um und erblickte den Bauern. Seiner Gewohnheit als Offizier folgend, streckte er ihm den Mittelfinger entgegen und rief: „Geil Fickler!"

„Noch so ´n elender Saupreiß!", sprach der Bauer verächtlich und mähte Andersrum mit der Sense um.

Kapitel VII

Zu Besuch in Shockwarts

Rammgalf, Billy und Frohodio überquerten mit Turbo-Milka die Nordmärchensee und flogen nun über die grünen Hügel von Groß-brimboria, die auf einmal von dichtem Nebel verhüllt waren.

„Ich muss sagen, das Wetter ändert sich schnell in diesem Land", bemerkte Billy.

„In diesem Nebel werden wir uns bestimmt verirren", klagte Frohodio.

„Keine Sorge! Meine Kuh verfügt über ein eingebautes Navigations-system", erwiderte Rammgalf und drückte einen Knopf am Nacken des Tieres, woraufhin sich dessen Schädeldecke öffnete und ein kleiner Monitor zum Vorschein kam.

„Bitte nennen Sie Ihren Zielort!", tönte eine freundliche Frauen-stimme.

„Shockwarts", sagte Rammgalf und sofort wurden ihre momentane Position sowie die zurückzulegende Strecke angezeigt.

Nach einer Weile kamen die Reisenden aus der Nebelwand heraus, doch nun war der Himmel über ihnen von dunklen Wolken bedeckt und der Regen ließ nicht lange auf sich warten.

„Haben Sie nicht irgendeinen Zauber auf Lager, um den Regen abzustellen?", fragte Frohodio.

„Nein, aber wir sind schon fast am Ziel. Shockwarts liegt direkt vor uns."

Die Passagiere hielten Ausschau und erblickten ein altes Schloss mit hohen Türmen, welches sich auf einem Felsen neben einem großen See erhob. Rammgalf flog darauf zu und landete mit Turbo-Milka auf dem Schlosshof.

Danach stiegen sie alle vom Rücken der Kuh und Rammgalf sprach:

„Dies ist Shockwarts, die weltberühmte Sonderschule für verhaltens-gestörte Hexen und Zauberer."

Rammgalf, Billy und Frohodio gingen durch das offene Hauptportal von Shockwarts und Rammgalf führte seine Begleiter in die große Halle, in der gerade ein fürchterlicher Radau herrschte.

Während die ruhigeren Schüler auf den Tischen tanzten und sich mit verschiedenen Speisen bewarfen, waren die wilderen mit gewalttätigen Auseinandersetzungen beschäftigt, die teils mit den Fäusten und teils mit dem Zauberstab ausgetragen wurden.

Abgesehen von den Schuluniformen gab es keinerlei Anzeichen von schulischer Disziplin.

Frohodio beobachtete, wie ein besonders fieser Wicht eine Mitschülerin zuerst mit einem Schockzauber lähmte und sie dann mit einem anderen Zauber vom Boden abheben ließ, um sie über den durch die Halle schwebenden Kerzen zu rösten. Als das arme Mädchen Feuer fing, erwachte sie aus ihrer magischen Schockstarre und schrie in panischer Angst. Ihr Peiniger lachte höhnisch und ließ sie fallen. Die brennende Koboldine rannte schreiend durch die Halle, bis sie endlich in eine große Suppenschüssel sprang.

„Diese Schüler sind ja richtige Monster!", stieß Frohodio entsetzt hervor.

„Ich finde, die sind gut drauf", meinte Billy.

„Ja, in Shockwarts ist immer etwas los", sagte Rammgalf und schaute zu einem Kobold, der gerade von zwei älteren Mitschülern aus einem Fenster in den Burggraben geworfen wurde.

Zwei andere Racker banden einen schwächeren Kameraden an eine Säule. Anschließend zogen sie ihm Schuhe und Strümpfe aus und stellten eine Fleisch fressende Pflanze unter seine Füße. Das hungrige Gewächs schnappte sogleich nach den Zehen des Kobolds, der verzweifelt um Hilfe rief.

Die Lehrer, die gemeinsam an einem Tisch auf der anderen Seite der Halle saßen, kümmerten sich nicht um das Geschehen. Sie schauten gebannt an die verzauberte Decke, auf der gerade – wie auf einer Kinoleinwand ein Elfenporno lief.

Auf einmal erhob sich eine alte Hexe am Lehrertisch und stieß einen markerschütternden Schrei aus, der selbst die wildesten Rabauken zum Schweigen brachte.

„Wer ist die alte Krähe?", fragte Billy.

„Das ist Professor Minifer MacNightingale, die stellvertretende Direktorin", antwortete Rammgalf.

„Schüler von Shockwarts!", sprach die Hexe. „Begrüßt unseren hoch verehrten Schulleiter, den fantastischen und einzigartigen Professor Knallbus Tumblemore!"

Gleich darauf öffnete sich eine Tür hinter dem Lehrertisch, aus der ein lautes Gedudel drang und eine Garde von weißen Kaninchen herausmarschierte. Die Kaninchen liefen aufrecht auf den Hinterbeinen, trugen Schottenröcke und spielten auf kleinen Dudelsäcken. Am Ende der Prozession wurde ein weißbärtiger Kobold auf einem kunstvoll verzierten Thron von vier Kaninchen in die Halle getragen.

Die Schüler jubelten ihrem Direkter zu, als wäre er ein Rockstar.

Nachdem die Kaninchen den Direktorenthron am Lehrertisch abgestellt hatten, erhob sich der alte Zauberkobold und gebot den Schülern mit einer knappen Geste, sich still auf ihre Plätze zu setzen.

Zu Billys und Frohodios Überraschung verstummten die Schüler augenblicklich und setzten sich an ihre Tische.

Der Direktor sprach: „Seid gegrüßt, meine lieben Wildhexen und Chaosmagier! Es freut mich sehr, dass die Erstklässler zu Beginn dieses Schuljahres noch alle am Leben sind. Zumindest liegen hier keine Leichen herum, was ich als Zeichen dafür deute, dass sich Disziplin und kollegialer Umgang in Shockwarts, im Vergleich zum vergangenen Schuljahr, erheblich verbessert haben."

Die Schüler applaudierten, doch Professor MacNightingale flüsterte dem Direktor etwas ins Ohr.

„Oh! Ich habe gerade erfahren, dass die Erstklässler aus dem Shockwartsexpress geworfen wurden, als der Zug von hungrigen Werwölfen angegriffen wurde. Unter diesen Umständen müssen wir wohl doch noch ein wenig an eurer Sozialkompetenz arbeiten. Aber das werden wir schon hinkriegen. Nun lasst das Fest beginnen!"

Er klatschte in die Hände und die Schüsseln füllten sich mit neuen Speisen. Dies war für die Schüler das Startsignal zu einer weiteren Essensschlacht.

Billy und Frohodio nahmen an einem der Schülertische Platz und bedienten sich hastig an den dargebotenen Köstlichkeiten, bevor diese als Munition verfeuert werden konnten. Rammgalf spazierte auf den Lehrertisch zu, um seinen guten Freund und ehemaligen Studienkollegen Knallbus Tumblemore zu begrüßen.

„He, Knallbus, du alter Knallkopf!", rief er ihm zu.

Als der Direktor, der gerade eine Tasse Tee trank, aufschaute und seinen alten Freund erkannte, erwiderte er: „Rammgalf, du Rammler im Ruhestand! Lange her, dass du dich zum letzten Mal hier herumgetrieben hast!"

Er sprang über den Lehrertisch, ging auf Rammgalf zu und begrüßte ihn mit dem speziellen Handschlag ihrer alten Gang.

„Nun, was hat dich denn diesmal nach Shockwarts verschlagen? Bist du nur zum Plaudern hier oder bedarf es mal wieder eines magisches Potenzmittels?", fragte Knallbus Tumblemore.

„Ich bin heute in einer offiziellen Angelegenheit unterwegs. Der Ring des Jodlers ist gefunden worden", verkündete Rammgalf.

„Tatsächlich? Wo war er denn versteckt?"

„In einem Kaugummi-Automaten. Dieser junge Halbling hat ihn dort herausgeholt", antwortete Rammgalf und deutete auf Frohodio, der sich gerade genüsslich den Wanst vollschlug.

Danach erzählte er von den jüngsten Geschehnissen in Teutomania und sagte abschließend: „Die Ereignisse erfordern eine Zusammenkunft des Elferrats. Deshalb lade ich dich zu einer außerordentlichen Prunksitzung bei Fürst Elbomb ein."

„Aber ich kann hier unmöglich weg. Das neue Schuljahr hat gerade erst begonnen und meine Schüler brauchen mich", entgegnete der Direktor.

„Deine Schüler können sich auch in deiner Abwesenheit prügeln. Sie sind schon viel selbstständiger als du denkst, mein lieber Knallbus", erwiderte Rammgalf.

Nach kurzem Zögern stimmte Knallbus Tumblemore zu und wandte sich an seine Stellvertreterin.

Rammgalf begab sich zu seinen schlemmenden Gefährten und sprach: „Beendet euer Mahl! Die Reise geht weiter!"

„Billy entgegnete empört: „Kann man denn nicht einmal in seinem Urlaub in Ruhe zu Mittag essen?!"

„Für Urlaub ist jetzt keine Zeit, denn die Götter haben dich und deinen Neffen auserwählt! Sie haben euch das Schicksal auferlegt, euch ehrenamtlich an der Rettung der Märchenwelt zu beteiligen", erklärte Rammgalf.

Billy erhob sich widerwillig und maulte: „Diese Götter werden doch wirklich immer dreister! Jetzt muss ich in meinem wohl verdienten Urlaub die Welt retten, und das auch noch ehrenamtlich!"

„So anstrengend habe ich mir meine Sommerferien auch nicht vorgestellt", fügte Frohodio hinzu.

Kapitel VIII

Ein Wald voller Geheimnisse

Abrakorn, Gimply und Legohas waren immer noch auf dem Weg ins Tal der Lustigen Elfen.

Gimply sprach mürrisch: „Irgendwie kommt es mir so vor, als wenn du uns die ganze Zeit über im Kreis führst, Abrakorn. Das ist doch wieder dieselbe Lichtung, auf der wir heute Morgen unser Picknick hatten und an der wir inzwischen schon fünfmal vorbeigekommen sind."

„Unsinn! Ich bin ein erfahrener Landstreicher und verlaufe mich niemals. In diesem Wald gibt es eben viele Lichtungen, die einander ähnlich sehen", erklärte Abrakorn.

„Jedenfalls ist das der richtige Ort, um eine weitere Rast einzulegen", meinte Legohas, wobei ihm Gimply und Abrakorn zustimmten.

Sie ließen sich im Zentrum der Lichtung nieder, doch als Legohas gerade seine Laute herausholen wollte, um seine Gefährten erneut mit einem alten Elfenlied zu erfreuen, tauchten unverhofft die Schwarzen Biker auf.

Die neun Radfahrer kreisten die Gefährten ein, stiegen von ihren Rädern ab und zogen ihre Pistolen. Daraufhin nahmen Gimply und Abrakorn die Hände hoch und Legohas fiel erneut in Ohnmacht.

Abrakorn wandte sich an Hauptmann Heidewicht und sprach: „Guten Tag, Herr Hauptmann! Ich dachte, Sie wären auf dem Weg nach Isargard, doch nun sehe ich Sie und Ihre Männer mit gezogenen Waffen vor uns stehen? Was haben wir denn getan, um Ihren Zorn zu erregen?"

„Ihr Dreckskerle habt uns belogen!", erwiderte Hauptmann Heidewicht.

„Wie kommen Sie darauf?", fragte Abrakorn.

„Frau Ferkel hat uns mitgeteilt, dass der Ringträger und seine Komplizen nicht nach Isargard unterwegs sind. Außerdem hat sie uns darüber aufgeklärt, dass ihr mit dieser Bande unter einer Decke steckt", antwortete der Hauptmann.

„Das ist eine üble Verleumdung! Wer ist überhaupt diese Frau Ferkel?", fragte Abrakorn.

„Angela Ferkel ist die neue Kanzlerin des Teutomanischen Reiches und zudem eine überaus mächtige Hexe. Sie hat uns befohlen, mit euch Halunken kurzen Prozess zu machen", antwortete Heidewicht.

„Dann ist ein Kampf wohl unvermeidlich", sagte Abrakorn und zog sein Taschenmesser.

Heidewicht lachte höhnisch und sprach: „Du bist wohl einmal zu oft gegen einen Baum gelaufen, was?! Los, Männer! Erschießt diese Idioten!"

Sofort drückten alle Soldaten gleichzeitig ab, doch zu ihrer eigenen Überraschung löste sich kein einziger Schuss aus ihren Pistolen.

„Was ist denn mit unseren Knarren los?", fragte Heidewicht verwirrt. Abrakorn hielt ihm sein Taschenmesser entgegen und erklärte: „Die Kraft meiner Waffe macht eure Waffen nutzlos, denn dies ist kein gewöhnliches Taschenmesser, sondern eine Spezialanfertigung von zauberkundigen Zwergen aus Helvetia. Der Zauber dieses Messers schützt seinen Träger, indem er die Waffen seiner Gegner wirkungslos macht. Sofern ihr blutrünstigen Radfahrer keine magische Waffe bei euch habt, die mächtiger als die meine ist, könnt ihr uns nichts anhaben."

„Verdammte Scheiße!", fluchte Heidewicht und warf seine Pistole weg.

Gimply wandte sich an Abrakorn und fragte: „Wenn diese Typen jetzt völlig wehrlos sind, dann kann ich sie doch mit meiner Axt zu Kleinholz verarbeiten, oder?"

Abrakorn antwortete: „Das wäre kein ehrenhafter Kampf, aber davon abgesehen spricht nichts dagegen."

Also hob Gimply seine Axt und stürmte auf die Schwarzen Biker los, die entsetzt die Flucht ergriffen. Der Zwerg rannte ihnen nach und verfolgte sie quer durch den Wald. Als sie sich aufteilten und in verschiedene Richtungen liefen, heftete er sich an die Fersen des Hauptmanns, bis dieser plötzlich verschwand.

„Wo ist er hin?", fragte Gimply und blieb abrupt stehen.

Verwundert schaute er in alle Richtungen und ging dabei ein paar Schritte vorwärts.

Plötzlich öffnete sich eine Falltür unter seinen Füßen und Gimply landete auf einer unterirdischen Rutschbahn, die spiralförmig in die Tiefe führte.

Am Ende der Rutsche angelangt, fand er sich in einem kleinen Raum wieder, der von einer einzelnen Glühbirne erhellt wurde. An der Wand war eine Garderobe angebracht, an der ein grüner Mantel in Koboldgröße hing.

Von Heidewicht war nichts zu sehen, doch gegenüber der Garderobe befand sich eine schmale Tür. Gimply lauschte daran und vernahm die vertrauten Klänge bajuwarischer Volksmusik.

Neugierig öffnete er die Tür und drang in einen wesentlich größeren und helleren Raum vor, der ganz nach einem Wohnzimmer aussah. An der hinteren Wand stand ein Fernseher, auf dem gerade die *Volkstümliche Wichtelparade* lief. In einem Sessel vor dem Fernseher saß ein Heinzelmännchen mit struppigen gelben Haaren, das fröhlich mitsang und mit den Armen dirigierte.

Heinzelmännchen gehörten wie Kobolde zur Gattung der Wichte, doch unterschieden sich beide Arten durch verschiedene Merkmale voneinander. Während Kobolde durch ihre grüne Haut und ihre langen, nach oben stehenden Spitzohren gekennzeichnet waren, besaßen Heinzelmännchen eine violette Hautfarbe und seitlich abstehende Ohren, die jedoch genauso lang und spitz waren, wie die der Kobolde. Darüber hinaus waren Heinzelmännchen an ihren struppigen Haaren zu erkennen, die jede beliebige Farbe haben konnten.

Als das Heinzelmännchen den Zwerg bemerkte, sprang es erschrocken auf und fragte: „Wer bist du? Und was hast du in meiner Wohnung zu suchen?"

„Ich bin Gimply Gimpelmann und ich suche den Hauptmann der Schwarzen Biker."

„Hier gibt es keine Biker. Ich bin Autofahrer", erwiderte der Wicht.

„Aber er muss hier sein! Er ist in dieselbe Falltür gestürzt wie ich!", protestierte Gimply.

„Vielleicht hat sich dieser Biker ja irgendwo hier versteckt, ohne dass ich es gemerkt habe", meinte das Heinzelmännchen.

„Dann sollten wir zusammen nach ihm suchen. Er ist nämlich ein Bösewicht. – Wie heißt du eigentlich, Heinzelmännchen?"

„Ich heiße Löwenzahn."

In diesem Augenblick brach die Volksmusik ab und auf dem Fernsehbildschirm erschien der Nachrichtenwicht und sprach:

„Sehr verehrte Damen und Herren! Wir unterbrechen unser laufendes Programm für eine wichtige Sondersendung. Seine Exzellenz, der Jodler, hat heute das Amt des Reichskanzlers an seine tüchtige Chefsekretärin Angela Ferkel übergeben, die nun ihre Antrittsrede halten wird."

Gleich darauf erschien Angela Ferkel in Großaufnahme. Sie grinste in die Kamera und hatte ihre Hände zu einer Raute geformt.

„Liebe Mitbürger, ich freue mich Ihnen mitteilen zu dürfen, dass ich, Angela Ferkel, von diesem Tage an Ihre Kanzlerin bin. Unser geliebter Jodler hat mir vor zwei Stunden das Kanzleramt übergeben, und ich wage zu behaupten, dass er keine bessere Wahl hätte treffen können. Ich werde mich von nun an mit großem Einsatz um das Gemeinwohl kümmern und Sie dürfen mich alle als Ihre liebe Mutti betrachten. Unter meiner mütterlichen Fürsorge wird in Teutomania ein goldenes Zeitalter anbrechen. Geil Fickler!", sprach die neue Kanzlerin und zeigte den Bürgern den Mittelfinger.

„He, die Alte kenne ich doch!", rief Löwenzahn. „Das ist die Hexe, der ich den Ring des Jodlers weggeschnappt habe."

„Meinst du etwa diesen Zauberring, der in einem Kaugummi-Automaten versteckt war?"

„Woher weißt du von diesem Versteck? Du hast den Ring doch nicht etwa gefunden?", fragte Löwenzahn entsetzt.

„Ich nicht. Aber ein Halbling hat ihn in einem Meditationslager aus einem Automaten gezogen."

„Das darf doch nicht wahr sein! Ich habe den Automaten doch extra verzaubert, damit er den Ring nicht ausspuckt!"

„Vielleicht wollte der Ring gefunden werden?", spekulierte Gimply.

„Dreimal verfluchte Trollscheiße! Hätte ich den Ring doch nur hier behalten!" fluchte das Heinzelmännchen und stampfte mit dem Fuß auf.

„Sag mal, Kleiner! Wenn du der berüchtigte Ringdieb bist, dann hast du wahrscheinlich auch den Säbel des Kaiserkobolds gestohlen, oder?", fragte Gimply.

„Nicht direkt. Mein Vetter Baldrian hat ihn zuerst geklaut und ich habe ihm die Beute abgeluchst."

„Dann bist du jetzt also im Besitz des kaiserlichen Säbels?"

„So ist es. Aber ich werde dir nicht verraten, wo ich ihn versteckt habe."

„Ich glaube schon, dass du das tun wirst."

„Warum sollte ich?"

„Weil ich dir sonst den Schädel spalte", erklärte Gimply und hob drohend seine Axt.

„Hm. Das ist ein schlagkräftiges Argument", meinte Löwenzahn und dachte darüber nach. „Also gut. Ich zeige dir das Versteck", sagte er schließlich und ging zu einem an der Wand hängenden Ölgemälde, das ihn selbst in einer prall gefüllten Schatzkammer darstellte. Er hängte das Bild ab und brachte damit einen Hebel zum Vorschein, der sich in einer Wandvertiefung befand. Als er den Hebel betätigte, teilte sich die Wand an einer Stelle und gab einen verborgenen Tunnel frei.

„Dieser Tunnel führt zum Versteck des Säbels", behauptete er.

Gimply warf einen kritischen Blick hinein und sagte misstrauisch: „Geh du voraus! Ich will sichergehen, dass es keine Falle ist."

„Wie du meinst", sagte Löwenzahn achselzuckend und betrat den Geheimgang.

Gimply folgte dem Wicht bis ans Ende des Ganges, wo beide vor einer viereckigen Öffnung im Boden stehenblieben. Es war ein schmaler, in die Tiefe führender Schacht mit einer Leiter darin.

„Dort unten habe ich den Säbel versteckt. Du musst nur die Leiter runterklettern", erzählte Löwenzahn.

„Ich passe wohl kaum in diesen schmalen Schacht. Der ist gerade groß genug für Kobolde und Heinzelmännchen", sagte der Zwerg.

„Tja, dann hast du jetzt wohl ein Problem", entgegnete Löwenzahn mit höhnischem Grinsen und verschwand blitzschnell durch eine geheime Drehtür in der Wand.

„He! Komm zurück, du kleiner Scheißer!", rief Gimply und hämmerte gegen die Wand, doch die Geheimtür ließ sich nicht mehr öffnen.

Auf einmal hörte Gimply ein lautes Rattern. Als er daraufhin nach oben schaute, sah er mit Entsetzen, wie sich die Decke des Ganges absenkte und ihn zu erdrücken drohte.

„Dieser elende Mistwicht!", fluchte Gimply und rannte um sein Leben.

Die Decke senkte sich so schnell herab, dass er sich beim Laufen bücken musste. Kurz bevor er das andere Ende des Ganges erreichte, stolperte er und fiel hin. Die Decke war bereits so nah, dass er nicht wieder aufstehen konnte. Von Todesangst ergriffen stemmte er seine Axt gegen die Decke und hoffte, sie damit aufzuhalten. Der Stiel der Streitaxt knarrte, als sich die Steindecke auf ihn senkte. Doch hielt er ihrem Gewicht stand und Gimply nutzte die Gelegenheit, sich aus dem Tunnel herauszurollen.

Er atmete erleichtert auf, als er sich wieder im Wohnzimmer des Heinzelmännchens befand.

Gleich darauf fuhr die Decke des Tunnels wieder nach oben. Gimply nahm seine Axt wieder an sich und knurrte: „So, jetzt werde ich dieses niederträchtige Heinzelmännchen zu Kleinholz verarbeiten!"

Doch dazu musste er das Heinzelmännchen erst einmal finden und so schaute er sich zunächst im Wohnzimmer nach weiteren Türen um.

Neben der Eingangstür gab es nur eine andere sichtbare Tür in dem Zimmer. Gimply rannte sie ein und landete in der Besenkammer. Anstelle des kriminellen Heinzelmännchens fand er dort Hauptmann Heidewicht, der sich offenbar die ganze Zeit über darin versteckt gehalten hatte.

„Ah! Du kommst mir gerade recht", sagte Gimply und packte ihn am Ohr.

„Aua! Das tut weh!", schrie Heidewicht.

„Halt den Mund und komm mit! Du musst etwas für mich erledigen", erwiderte Gimply und zerrte Heidewicht in den Geheimgang.

Vor dem Schacht ließ er ihn los und erklärte: „Ich will, dass du dort hinein steigst und mir den Säbel bringst, der sich dort unten befindet. Wenn du mir diesen kleinen Gefallen tust, lasse ich dich anschließend laufen."

„Also gut", sagte Heidewicht und kletterte die Leiter hinunter.

Auf dem Grund des Schachtes angelangt, stand er vor einem weiteren Tunnel, von dessen Ende ihm ein fahles Licht entgegenleuchtete.

Langsamen Schrittes durchquerte er den Gang und erblickte einen glänzenden Gegenstand, von welchem das geheimnisvolle Leuchten ausging. Es war ein Säbel, der mit der Klinge in einem Steinbrocken steckte.

„Was treibst du denn so lange? Hast du den Säbel gefunden?", fragte Gimply ungeduldig, aber Heidewicht reagierte nicht darauf.

Er starrte fasziniert auf die geheimnisvolle Waffe. Als er nach ihr greifen wollte, berührte er einen unsichtbaren Schild und bekam einen elektrischen Schlag versetzt.

„Wie heißt das Zauberwort?", fragte eine hallende Stimme.

„Keine Ahnung", erwiderte Heidewicht.

„Richtig", sagte die Stimme.

Heidewicht griff erneut nach dem Schatz, und diesmal wurde er nicht daran gehindert. Mühelos zog er den Säbel aus dem Stein und streckte ihn triumphierend in die Höhe, wobei die magische Kraft, die dem Säbel innewohnte, in seinen Körper strömte. In diesem Augenblick wurde ihm bewusst, welche Waffe er da gefunden hatte.

„Das ist der Säbel des Kaiserkobolds!", rief er erstaunt aus.

„Was hast du gesagt?", fragte Gimply.

Heidewicht steckte sich die Waffe an den Gürtel, lief den Tunnel zurück und rief: „Ich habe den Säbel gefunden!"

„Großartig! Bring ihn rauf!", rief Gimply zurück.

Als Heidewicht die Leiter hinaufgeklettert war und nun grinsend vor Gimply stand, sagte der Zwerg: „Her mit dem Säbel und grins nicht so blöd!"

„Schweig und stirb!", entgegnete Heidewicht.

Er zog den Säbel und schlug damit nach Gimply, doch dieser parierte den Hieb mit seiner Streitaxt.

„Das wirst du bereuen! Aus dir mach ich Kleinholz!", drohte Gimply und holte zum Gegenschlag aus.

Auf einmal ertönte ein Fluchen aus dem Hintergrund: „Verdammt! Er hat den Säbel! Der elende Kobold hat den Säbel!"

Gimply und Heidewicht drehten sich um und da stand das kriminelle Heinzelmännchen.

„Du schon wieder!", rief Gimply. An Heidewicht gewandt fragte er: „Was hältst du davon, wenn wir unser Duell unterbrechen und dieses dreimal verfluchte Heinzelmännchen gemeinsam fertig machen?"

„Einverstanden", sagte Heidewicht.

So schritten sie Seite an Seite mit Axt und Säbel auf das Heinzel-männchen zu, doch Löwenzahn lachte nur und rief: „Ha! Ihr wollt mich fertig machen? Ich mache euch fertig!"

Blitzschnell verschwand er wieder durch eine Geheimtür. Gleich darauf heulte eine Sirene los und auf einer Anzeigetafel über dem Eingang erschien in roten Ziffern die Zahl Sechzig.

„Was hat das zu bedeuten?", frage Gimply.

Zur Antwort ertönte eine Lautsprecherstimme und erklärte: „Selbstzerstörungsmechanismus ist aktiviert. Dauer bis zur Detonation: 60 Sekunden ab jetzt."

Die Sirene heulte erneut auf und der Countdown begann zu laufen.

„Verdammt! Wir müssen hier raus!", schrie Gimply.

Er und Heidewicht rannten durch die Eingangstür und versuchten die Rutsche hinaufzuklettern, doch war zu steil dazu. Panisch rannten sie zurück und suchten die Wände nach Geheimtüren und Schaltern ab. Gimply schaute nach der verbliebenen Zeit: Noch dreißig Sekunden. Dabei trat er zufällig auf eine lockere Fließe im Fußboden – und die Geheimtür, durch welche das Heinzelmännchen zuletzt entwischt war, öffnete sich.

Gimply rannte durch die Wandöffnung, dicht gefolgt von Hauptmann Heidewicht.

Der Geheimgang führte zu einer Wendeltreppe, die Heidewicht und Gimply so schnell sie konnten hinaufstiegen.

Kapitel IX

Die Prinzessin und der Säbelschwinger

„Gimply! Wo bist du?", rief Abrakorn durch den Wald.

„Er scheint hier nirgendwo zu sein. Wir sollten eine Rast einlegen", meinte Legohas und lehnte sich gegen den Stamm einer alten Eiche.

Der Elf schrak zurück, als eine Tür im Baumstamm aufschwang, und Gimply und Heidewicht daraus hervorsprangen.

„Schnell weg hier! Die Bombe geht gleich hoch!", rief der Zwerg.

Sie rannten los und gleich darauf knallte und krachte es so heftig, dass die Erde dabei erzitterte. Ein kurzes Stück hinter ihnen stürzte der Boden mitsamt den Bäumen in die Tiefe und zurück blieb nichts als ein Krater in der Landschaft.

Als das Beben vorbei war, blieben sie stehen und blickten auf die Verwüstung.

„Was, bei allen Götter, war denn das?", fragte Abrakorn.

„Das war ein Heinzelmännchen-Bunker, der sich selbst zerstört hat", antwortete Gimply.

„Ein Heinzelmännchen-Bunker?", wiederholte Abrakorn fragend.

„Ja, ganz recht. Und der Bewohner war niemand anderes als der gesuchte Dieb, welcher den Ring des Jodlers und den Säbel des Kaiserkobolds gestohlen hat", erzählte Gimply.

„Den Säbel hatte er dort unten versteckt, aber *ich* habe ihn gefunden", fügte Heidewicht hinzu und hielt seinen Fund hoch.

Abrakorn betrachtete staunend die magische Waffe. Dann sprach er: „Geben Sie uns den Säbel und wir gewähren Ihnen freies Geleit, Herr Hauptmann!"

„Das kannst du vergessen, du Penner! Ich werde euch jetzt alle in die Untere Märchenwelt schicken!", drohte Heidewicht.

„Ich schicke *dich* in die Untere Märchenwelt!", entgegnete Gimply und holte mit seiner Axt zum Schlag aus.

Heidewicht richtete den Säbel auf Gimply und rief: „Halt ein, du Giftzwerg!"

Von der Zauberkraft der Wunderwaffe ergriffen, verharrte Gimply mit seiner erhobenen Axt auf der Stelle. Abrakorn und Legohas erschraken, als sie dies sahen.

Heidewicht grinste hämisch und befahl: „Töte deine Kameraden!"

„Ja, Meister", sagte der Zwerg in Trance.

„Gimply, du musst dich aus diesem Bann befreien! Kämpfe dagegen an!", beschwor ihn Abrakorn, doch der verhexte Zwerg ging auf ihn los.

Abrakorn ergriff die Flucht und Gimply nahm die Verfolgung auf. Legohas flüchtete ebenfalls und rannte auf einen zwischen den Bäumen emporragenden Turm zu, von dem er wusste, dass er ein Wachturm der Lustigen Elfen war. Dort angelangt fand er die Eingangstür verschlossen vor. Panisch hämmerte er mit den Fäusten dagegen und schrie: „Lasst mich rein!"

Nach einer Weile, die Legohas wie eine Ewigkeit erschien, öffnete sich die Tür und eine Elfe kam heraus. Sie trug einen Army-Tarnanzug und eine Militärmütze mit drei silbernen Sternen. Ihre schwarzen Haare hatte sie zu einem Pferdeschwanz zusammengebunden, und an ihrem Gürtel steckte auf der einen Seite eine Pistole und auf der anderen eine Machete.

„Legohas, was tust du denn hier?", fragte sie überrascht.

„Oh, liebste Base, dich schickt der Himmel! Du musst mich beschützen!", flehte der zitternde Elf und klammerte sich an sie.

„Beruhige dich, Legohas! Was ist denn diesmal wieder los? Ist etwa ein wild gewordenes Kaninchen hinter dir her?", fragte die Elfe, die ihren Vetter gut kannte.

„Nein, es ist ein wild gewordener Kobold, der mich und meine Gefährten umbringen will!"

„Welcher Kobold? Welche Gefährten?", fragte sie.

„Sie sind da drüben. Du musst ihnen helfen! Der Hauptmann hat Gimply mit einem magischen Säbel verzaubert, damit er auf Abrakorn losgeht", erklärte Legohas.

„Von welchem magischen Säbel redest du? Du meinst doch nicht etwa den Säbel des Kaiserkobolds?"

„Doch, genau den meine ich! Der Hauptmann hat den Säbel in einem Heinzelmännchen-Bunker gefunden, der gerade explodiert ist."

„Also daher kam dieser Lärm. Folge mir, Legohas!", sprach sie und lief mit ihrem Vetter zu ihrem Geländewagen, der hinter dem Turm stand.

Sie setzte sich ans Steuer und Legohas nahm auf dem Beifahrersitz Platz. Sodann trat die Elfe aufs Gas und fuhr zu dem Krater, der durch die unterirdische Explosion entstanden war.

Gimply jagte Abrakorn mit seiner Streitaxt und wildem Kriegsgeschrei um den Krater herum, während Heidewicht daneben stand und sich köstlich amüsierte.

Als Heidewicht das Motorengeräusch des heran nahenden Geländewagens vernahm, drehte er sich um und hob drohend den Säbel.

„Das ist der Bösewicht!", rief Legohas.

„Der ist gleich erledigt", sagte die Elfe und hielt an.

Sie stand von ihrem Sitz auf, zog ihre Pistole und schoss auf den Kobold, aber Heidewicht wehrte die Kugel mühelos mit der Säbelklinge ab.

„Oh nein! Die Wunderwaffe verleiht ihm übernatürliche Kräfte", sagte die Elfe.

„Du kannst mich nicht töten, Elfenweib", sprach der Kobold. „Wer bist du überhaupt, dass du es wagst, mich herauszufordern?"

„Ich bin Prinzessin Areswind, die Tochter des Fürsten Elbomb", stellte sich die Elfe vor.

„Sehr erfreut, Prinzessin! Ich bin Reinhard Heidewicht, Hauptmann der Schwarzen Biker und zukünftiger Herrscher von Teutomania. Mit dieser magischen Waffe werde ich den Jodler vernichten und seinen Platz einnehmen. Was hältst du davon, wenn ich die Herrschaft mit dir teile und dich heirate?", fragte er.

„Nein, danke! Ich stehe nicht auf kleinwüchsige Männer, die mir noch nicht einmal bis zu den Hüften reichen", antwortete die Prinzessin.

Während sich Heidewicht mit Prinzessin Areswind unterhielt, fiel der magische Bann von Gimply ab, der daraufhin verwirrt stehen blieb.

„Was ist denn mit mir geschehen?", fragte er.

Abrakorn wandte sich um und atmete erleichtert auf, als er erkannte, dass der Zwerg wieder er selbst war.

„Der Unhold hat dich verhext, damit du mich angreifst. Aber offenbar ist die Wirkung des Zaubers nun verflogen", sagte Abrakorn.

In diesem Augenblick entdeckte Gimply den Jeep mit Legohas und der unbekannten Elfe.

„Schau mal da drüben! Legohas hat anscheinend Hilfe geholt!", rief der Zwerg.

„Dann nichts wie hin!", rief Abrakorn.

Sie rannten um den Krater herum und sprangen hinten auf den Jeep. Legohas freute sich, seine Gefährten wohl behalten wiederzusehen und sagte: „Wie schön, dass ihr da seid! Darf ich euch meine Kusine Areswind vorstellen? Areswind, das sind meine Freunde Gimply und Abrakorn."

„Hallo, Prinzessin!", grüßte Gimply.

„Es ist mir eine Ehre, Prinzessin", sagte Abrakorn.

„Setzt euch und haltet euch fest!", erwiderte Areswind, startete den Motor und fuhr los.

„He, du kannst mich doch hier nicht einfach so stehen lassen!", rief Heidewicht ihr nach und nahm die Verfolgung auf.

Der Geländewagen brauste davon und Heidewicht rannte mit übernatürlicher Schnelligkeit hinterher.

„Der Kerl lässt sich nicht abschütteln! Wie ist es möglich, dass ein Kobold so schnell laufen kann?", fragte Gimply verblüfft.

Abrakorn antwortete: „Die Kraft des Säbels überträgt sich auf seinen Träger und lässt ihn stärker und schneller werden."

„Keine Sorge! Wir werden ihn bald los sein", behauptete Areswind zuversichtlich.

Sie steuerte auf den kleinen Fluss zu, der zwar für einen Menschen oder Elfen leicht zu durchwaten wäre, jedoch für einen Kobold ein ernst zu nehmendes Hindernis darstellte. Areswind fuhr mit dem Jeep durch den Fluss und hielt auf der anderen Seite an, um zu sehen, was Heidewicht nun tun würde.

Der Kobold blieb am Ufer stehen und streckte den magischen Säbel in die Höhe, bis die Klinge zu leuchten begann. Dann schlug er mit ihr auf das Wasser, das daraufhin seinen Lauf änderte und nicht mehr geradeaus, sondern nach oben floss, in etwa zwei Metern Höhe einen Bogen machte und von dort wieder nach unten fiel, sodass nun ein magischer Tunnel durch das Flussbett führte. Heidewicht sprang in das trocken gelegte Flussbett und marschierte unter dem Wassergewölbe hindurch.

„Seht euch das an!", rief Abrakorn.

„Dieser Wicht ist einfach nicht aufzuhalten", sagte Gimply.

Legohas sagte nichts, denn er war bereits ohnmächtig geworden.

„Bleibt im Wagen! Ich muss mich ihm allein stellen", sprach Areswind.

„Aber Prinzessin! Was wollt Ihr denn gegen ihn unternehmen? Er wird Euch auf der Stelle töten!", warnte Abrakorn sie eindringlich.

„Überlass das mir!", erwiderte die militante Elfe.

Sie stieg aus dem Wagen, stellte sich vor das Ende des magischen Tunnels und schaute furchtlos auf Heidewicht herab.

Sodann rief sie ihm zu: „He, Säbelschwinger! Du kannst mich mal am Arsch lecken!"

„Ist das ein ernst gemeintes Angebot?", fragte Heidewicht.

Die Elfe ließ zur Antwort ihre Hosen runter und streckte Heidewicht ihren nackten Hintern entgegen. Beim Anblick ihres knackigen Pos regte sich die Männlichkeit des Kobolds.

Eilig kletterte er aus dem Flussbett heraus, doch als er gerade Areswinds Arschbacken ablecken wollte, furzte ihm die Elfe ins Gesicht.

„Pfui, du Drecksau!", fluchte er angewidert und wich zurück.

Dabei verlor er das Gleichgewicht und rollte rückwärts in das Flussbett hinunter.

Bei seinem Fall ließ er den kaiserlichen Säbel los, wodurch sich der über den Fluss verhängte Zauber auflöste. So verschwand das magische Gewölbe und die Wassermassen stürzten auf Heidewicht herab. Dies war das Ende des Hauptmanns der Schwarzen Biker.

Areswind zog ihre Hosen wieder hoch und Abrakorn, Gimply und der aus seiner Ohnmacht erwachte Legohas bejubelten die siegreiche Kriegerin.

Abrakorn lief zu ihr hin und sprach: „Ich gratuliere Euch zu dieser Meisterleistung. Einen so außergewöhnlichen Kampfstil habe ich noch nie zuvor gesehen."

„Ach, das war eine meiner leichtesten Übungen. Mein Spitzname ist übrigens Arschwind", sagte die Prinzessin.

„Ihr seid wirklich sehr begabt, Prinzessin Arschwind. Aber der Säbel des Kaiserkobolds liegt nun auf dem Grund des Flusses. Würdet Ihr wohl das Wagnis eingehen, in das Wassers zu tauchen, um die kaiserliche Waffe zu bergen?", fragte Abrakorn.

Kein Problem", antwortete Arschwind und stieg in den Fluss, der ihr gerade bis zur Hüfte reichte.

Sie bückte sich, hob den Säbel auf und ging, gefolgt von Abrakorn, zurück zu ihrem Jeep, wo sie die wertvolle Waffe unter ihrem Sitz verstaute. Danach startete sie den Motor und fuhr los.

Kapitel X

Krisensitzung im Elferrat

„Wo ist denn nun dieses lustige Elfental?", fragte Billy, der mit Rammgalf und Frohodio gerade über die Sieben Berge flog.

„Es liegt genau unter uns", antwortete Rammgalf und setzte zur Landung an.

„Aber da unten ist doch gar nichts!", wunderte sich Billy, der nach Häusern Ausschau hielt, aber nichts als Bäume sah.

Rammgalf lenkte seine Kuh geschickt zwischen den Baumwipfeln hindurch, doch als Turbo-Milka auf der Erde aufsetzte, stolperte sie über eine Wurzel und machte eine Bruchlandung, bei der sämtliche Passagiere von ihrem Rücken herunterfielen.

„Ist jemand verletzt?", fragte Rammgalf, nachdem er sich wieder aufgerappelt hatte.

„Uns geht's gut, aber deine Kuh ist kaputt", sagte Billy und deutete auf Turbo-Milka, die bewusstlos am Boden lag.

„Das haben wir gleich. Frohodio, gib mir meinen Stab!", verlangte Rammgalf.

Sodann hielt der Zauberer seinen Stab über die beschädigte Kuh und sprach:

„Elfenflittchen find´ ich geil –
und dieses Milchvieh werde heil!"

Diese magischen Worte bewirkten, dass von Rammgalfs Stab ein blaues Leuchten ausging, welches sich auf die Kuh übertrug und diese für einen Augenblick einhüllte. Danach stand die Kuh wieder auf und gab ein zufriedenes Muhen von sich.

Billy und Frohodio applaudierten dem Zauberer und jener verbeugte sich vor seinem Publikum.

„Nun lasst uns zu Elbomb gehen!", sprach er und zeigte auf den größten der umstehenden Bäume.

Billy und Frohodio waren zunächst irritiert, doch dann sahen sie, dass in diesen Baum eine Tür und mehrere runde Fenster eingebaut waren, was auch bei den anderen Mammutbäumen der Fall war.

„Dann wohnen die Elfen also in den Bäumen?", fragte Frohodio.

„Das hast du richtig erkannt", erwiderte Rammgalf.

„Sehr interessant", sagte Billy.

Im nächsten Augenblick landete Knallbus Tumblemore mit seinem Besen neben dem Baum.

Rammgalf, der sehr stolz darauf war, dass seine Kuh schneller als jeder Besen fliegen konnte, spottete vergnügt: „Hey Knallbus, du Nachzügler! Meine Kuh ist wohl zu schnell für deinen alten Besen, nicht wahr?"

Darauf erwiderte Knallbus Tumblemore: „Freu dich nur, solange du noch kannst, Rammgalf! Wenn ich erst mit der Konstruktion meiner fliegenden Badewanne fertig bin, wirst du auf deiner Kuh ziemlich alt aussehen!"

„Na, da bin ich ja mal gespannt", sagte Rammgalf.

Er betätigte die Klingel des fürstlichen Baumhauses, aus welchem sogleich ein blauhaariges Heinzelmännchen in schwarzem Frack herauskam.

„Seid gegrüßt, Meister Rammgalf!", sagte das Heinzelmännchen und verbeugte sich.

„Sei gegrüßt, Enzian! Wir wollen deinem Herrn einen Besuch abstatten. Es gibt eine wichtige Angelegenheit zu besprechen, weshalb wir eine außerordentliche Prunksitzung abhalten wollen", erklärte der Zauberer.

„Ich werde den Fürsten von Eurem Anliegen in Kenntnis setzen", antwortete Enzian, ging wieder hinein und schloss die Tür hinter sich.

„Ich finde, er hätte uns wenigstens hereinbitten können. Die Leute sind hier wohl nicht allzu gastfreundlich?", meinte Billy.

„Ja, und besonders lustig geht es hier auch nicht zu, wenn man bedenkt, dass dies hier das Tal der Lustigen Elfen sein soll. Warum verstecken die sich denn alle?", fragte Frohodio.

„Das war bei meinem letzten Besuch noch ganz anders. Wahrscheinlich wissen sie schon von den Eroberungsplänen der Teutomanen und sind deshalb auf der Hut", antwortete Rammgalf.

Kurz darauf öffnete Enzian erneut die Tür und sagte: „Fürst Elbomb ist nun bereit, Euch zu empfangen, edle Herren."

So betraten Rammgalf und seine Begleiter das Baumhaus und gelangten zunächst in die Eingangshalle, die sich über das gesamte Erdgeschoss erstreckte. Die Halle war unmöbliert, aber dafür waren die runde Wand und das von acht hölzernen Säulen getragene Deckengewölbe mit kunstvollen Schnitzereien verziert, die Szenen aus dem Sexleben der Lustigen Elfen darstellten.

„Bitte folgt mir in den Sitzungssaal!", bat Enzian und öffnete eine Tür, hinter der eine schmale Wendeltreppe nach oben führte.

Dem Heinzelmännchen folgend, stiegen sie alle die Wendeltreppe hinauf in den ersten Stock und betraten den mit Lampions, Luftschlangen und Luftballons geschmückten Sitzungssaal des Elfer-rats.

In der Mitte des Raumes stand ein großer, ovaler Tisch, der ganz und gar mit Konfetti bedeckt war und um den herum genau elf Stühle standen, deren Lehnen mit Luftschlangen behängt waren. Auf einem der Stühle saß ein dicker Elf, der in eine buntscheckige Robe gekleidet war und eine prächtige Narrenkappe trug.

Rammgalf hob die Arme und grüßte den dicken Elfen mit den Worten: „Elbomb, helau! Elbomb, helau! Elbomb, helau!"

Fürst Elbomb stand auf, hob ebenfalls die Arme und erwiderte fröhlich: „Rammgalf, helau! Rammgalf, helau! Rammgalf, helau!"

Billy und Frohodio beobachteten dieses Begrüßungsritual mit einiger Verwunderung.

Areswind, Abrakorn, Gimply und Legohas waren inzwischen auch im fürstlichen Baumhaus angekommen und ließen sich von Enzian in den Sitzungssaal geleiten, wo sie von Fürst Elbomb mit einem drei-fachen „Helau!" begrüßt wurden.

Areswind ging nach einem kurzen Gespräch mit ihrem, Fürst Elbomb, gleich wieder pflichtbewusst auf Patrouille. Abrakorn, Gimply und Legohas folgten Elbomb in den Sitzungssaal.

Nachdem alle an dem großen Tisch platzgenommen hatten, begann Fürst Elbomb mit seiner Rede: „Helau, liebe Närrinnen und Narren! Ich freue mich, euch alle zu dieser außer-ordentlichen Prunksitzung begrüßen zu dürfen, die, entgegen der Tradition und erstmals in der Geschichte des elfischen Karnevals, mitten im Sommer stattfindet.

Der Elferrat der Närrischen Völker ist eine Geheimgesellschaft, die ihre Treffen als karnevalistische Veranstaltungen tarnt, um ungestört über das Schicksal der Mittleren Märchenwelt zu beraten. Rammgalf, Knallbus und ich haben diesen Rat, ursprünglich ein Dreierrat war, gemeinsam gegründet.

Ihr anderen seid für heute Gastmitglieder und werdet hoffentlich etwas Sinnvolles zu unserer Gesprächsrunde beitragen. Also, wer hat uns etwas Interessantes mitzuteilen?"

Gimply, Legohas, Billy und Frohodio erzählten abwechselnd von den vorangegangenen Ereignissen.

Danach ergriff Rammgalf das Wort und sprach: „Die Lage ist ernst, denn der Jodler weiß bereits, dass sein Ring gefunden wurde."

„Woher kommt eigentlich Ficklers Hass auf uns Halblinge?", fragte Frohodio.

Rammgalf antwortete darauf: „Das solltest du am besten deinen Onkel fragen. Er ist nämlich Ficklers persönlicher Erzfeind."

„Das geht niemanden etwas an", sagte Billy schroff.

Rammgalf erwiderte: „Ich denke schon, dass alle Anwesenden die Hintergründe des bevorstehenden Krieges erfahren sollten. Wenn du die Geschichte nicht erzählen willst, dann werde ich es eben tun."

Als Billy keine Anstalten machte, mit der Geschichte rauszurücken, erzählte Rammgalf: „Alles begann vor vielen Jahren, als Adolf Fickler, der damals noch Adolf Fickelgruber hieß, ein junger Pfad-finder war. In Adolfs Pfadfindergruppe gab es auch einen Halbling, der als Austauschschüler für ein Jahr in Teutomania lebte und mit Adolf eine enge Freundschaft schloss. Dieser Halbling war niemand anderes als Billy Beutelschneider."

Auf diese Worte hin drehten sich alle zu Billy um, und Frohodio fragte erschüttert: „Du warst ein enger Freund des Jodlers?! Aber was hast du ihm denn getan, dass er dich und uns alle nun sosehr hasst?"

„Ich habe ihm gar nichts getan! Wir hatten nur einmal eine kleine Meinungsverschiedenheit über eine völlig belanglose Angelegenheit, in die sich Adolf sinnlos hineingesteigert hat", behauptete Billy.

Darauf sagte Rammgalf: „Für dich, Billy, mag es eine belanglose Angelegenheit gewesen sein, aber für den sensiblen Adolf war es eine Tragödie. Ich war damals der Gruppenleiter und erinnere mich noch gut daran, wie verzweifelt Adolf war, nachdem er Billy und die Elfe zusammen erwischte. Es brach ihm das Herz, dass sein damals bester Freund es ausgerechnet mit jener Elfe trieb, in die er sich unsterblich verliebt hatte."

„Was heißt hier *ausgerechnet mit jener Elfe*? Schneeflittchen war die einzige Elfe auf diesem Zeltlager!", entgegnete Billy.

Gimply rief empört: „Was? Schneeflittchen hat es mit *dir* getrieben? Mir hat dieses Miststück einen Korb gegeben!"

„Wahrscheinlich hast du ihr nicht genügend Geld geboten", erwiderte Billy.

„Ich habe ihr überhaupt kein Geld geboten", sagte Gimply.

„Das erklärt alles. Um solche verzogenen Prinzessinnen rumzukriegen, muss man ihnen schon ein hübsches Sümmchen bieten. Tut man das nicht, dann können sie furchtbar zickig sein", sprach Billy aus seiner langjährigen Erfahrung.

„Doch damit ist die Geschichte noch nicht zu Ende", fuhr Rammgalf fort. „Nachdem der junge Adolf der schönen Elfe, trotz ihres One-Night-Stands mit Billy, seine Liebe gestanden und dafür eine eiskalte Abfuhr bekommen hatte, trat er aus dem Pfadfinderverein aus und ging nach Großbrimboria, um in Shockwarts einen Liebeszauber zu erlernen, den er auf Schneeflittchen anwenden wollte."

Nun ergriff Knallbus Tumblemore das Wort und sprach: „Als der junge Adolf an die Pforten von Shockwarts klopfte, hielt ich ihn für einen harmlosen Wicht und nahm ihn als Schüler auf, zumal er ein gewisses Vermögen geerbt hatte und sich so als eine echte Bereicherung für unsere Schule erwies.

Da er jedoch nicht sehr begabt war, musste er ein paar Ehrenrunden drehen. Insgesamt blieb er dreißig Jahre in Shockwarts. Danach war sein Vermögen aufgebraucht, sodass er das Schulgeld nicht mehr bezahlen und den hohen Anforderungen unserer Schule nicht länger genügen konnte."

Rammgalf fuhr fort: „Nach seiner Rückkehr aus Großbrimboria machte er sich auf die Suche nach Schneeflittchen, die inzwischen mit einem Gerichtsvollzieher verheiratet war. Als er seine Angebetete endlich fand, probierte er einen Liebeszauber an ihr aus, der jedoch keinerlei Wirkung zeigte. Danach zog er sich enttäuscht in die Sieben Berge zurück, wo er den Sieben Zwergen begegnete."

Nun richteten sich alle Augen auf Gimply, der nervös auf seinem Stuhl hin und her rutschte. Schließlich sagte er: „Wir haben Adolf bei uns aufgenommen und ihm sowohl die Schmiedekunst, als auch die Kunst des Jodelns beigebracht. Doch konnten wir nicht ahnen, dass er diese heiligen Zwergenkünste einmal missbrauchen würde. In den vierzig Jahren, in denen er bei uns lebte, hatte er sich stets von seiner besten Seite gezeigt. Erst nachdem er uns verlassen hatte und wir den Verlust unseres ganzen Goldes bemerkten, wurde uns klar, dass wir einen schweren Fehler begangen hatten."

Professor Tumblemore erzählte: „Danach kam Adolf wieder nach Shockwarts und bat mich darum, ihn nun für die zweite Klasse zuzulassen. Da er inzwischen wieder flüssig war, tat ich ihm den Gefallen. Allerdings rechnete ich damit, dass er für die zweite Klasse weitere dreißig Jahre brauchen würde, doch Adolf überraschte mich, wie mich noch kein Schüler zuvor überrascht hatte. Zwar konnte er immer noch nicht gut mit dem Zauberstab umgehen, von seinen miserablen Flugkünsten mit dem Besen ganz zu schweigen, aber dafür entwickelte er die einzigartige Fähigkeit, andere Leute mit seinem Gejodel zu verhexen.

Im Verlauf seiner Schulzeit geriet er allerdings zunehmend unter den schlechten Einfluss seines Banknachbarn und Zimmergenossen Heinrich Pimmler, der sich schon damals mit den dunklen Künsten befasste und Adolf überredete, ihm dabei zur Hand zu gehen. Die beiden führten gemeinsam illegale Experimente an ihren Mitschülern durch, was dazu führte, dass die Anzahl der Todesfälle schon bald über das in Shockwarts übliche Maß hinausging.

So waren wir alle heilfroh, als Adolf und Heinrich nach zehn Jahren ihr Zauberer-Examen bestanden und Shockwarts für immer verließen. Danach kehrte an unserer Schule wieder Ruhe ein, bis ein Jahr später die kleine Angela Ferkel zu uns kam. Aber das ist eine andere Geschichte."

Legohas erzählte: „Mit seinem Zauberring gelang es Adolf Fickler tatsächlich, meine Schwester Schneeflittchen zu verzaubern. Allerdings war die Beziehung der beiden nur von kurzer Dauer."

Rammgalf sprach weiter: „Seit seiner Trennung von Schneeflittchen strebt Adolf danach, die gesamte Mittlere Märchenwelt zu erobern.

Mit seinen Ring könnte er dies auch schaffen, doch ohne ihn ist er nicht mächtig genug, um die Närrischen Völker zu unterwerfen. Deshalb ist es ein Glück für uns, dass wir nun den Ring haben. Um der Tyrannei des Jodlers ein Ende zu bereiten, müssen wir dieses Teufelsding zerstören."

„Das erledige ich", sprach Gimply und stand auf, um den Ring mit einem kräftigen Axthieb zu spalten.

Er holte aus und ließ seine Axt auf den Ring niedersausen, wobei er den Tisch in zwei Hälften teilte.

Fürst Elbomb schrie empört: „Das war mutwillige Sachbeschädigung! Dafür verlange ich Schadensersatz!"

„Nun bleib mal locker, Elbomb! Immerhin sind wir jetzt das Ringproblem los", erwiderte Gimply.

Doch Rammgalf hob den völlig unversehrt gebliebenen Ring auf und sprach: „Es gibt nur eine einzige Waffe in der Mittleren Märchenwelt, die stark genug ist, den Ring des Jodlers zu zerstören – den Säbel des Kaiserkobolds."

Areswind zog die magische Waffe und Rammgalf gab ihr den Ring. Da der Tisch entzwei war, legte sie ihn auf ein Fensterbrett und holte dann zu einem kräftigen Hieb aus, um ihn zu zerschlagen. Doch als die Klinge den Ring traf, prallte sie von ihm ab, und Areswind wurde durch den Rückschlag zu Boden geworfen.

Die Prinzessin stand wieder auf und betrachtete fassungslos den noch immer unversehrten Ring. Der versammelte Elferrat war sprachlos.

„Das verstehe ich nicht. Ich habe mit aller Kraft zugeschlagen", sagte sie.

„Das kann nur eines bedeuten", erklärte Rammgalf. „Der Jodler hat den Ring nicht in einem normalen Feuer geschmiedet, sondern in den magischen Flammen des Rumpelberges. Und wenn der Ring dort geschaffen wurde, dann kann er auch nur dort vernichtet werden."

Areswind legte den Säbel auf der Fensterbank ab, nahm den Ring und betrachtete ihn andächtig.

Schließlich sagte sie: „Das bedeutet also, dass einer von uns zum Rumpelberg gehen und den Ring in den feurigen Schlund des Vulkans werfen muss."

„So ist es", bestätigte Rammgalf.

„Aber der Rumpelberg wird doch vom Rumpelstilzchen bewacht! Wer würde es wagen, dieser grauenvollen Bestie zu trotzen?", fragte der Zwerg.

„Ach, das machen wir doch mit links, nicht wahr Frohodio? Es wäre doch gelacht, wenn wir beide mit diesem Rumpelstilzchen nicht fertig würden!", verkündete Billy und klopfte seinem Neffen kräftig auf den Rücken.

„Damit ist es beschlossen. Billy und Frohodio gehen zum Rumpel-berg!", bekräftigte Rammgalf.

Frohodio wäre viel lieber auf direktem Weg ins Sauenland zurück-gekehrt, doch wusste er, dass es völlig sinnlos war, seinen Onkel von einem abenteuerlichen Vorhaben abzubringen. So fügte er sich leise seufzend in sein Schicksal.

Areswind holte eine Kette aus dem Schrank, zog sie durch den Ring und band sie Frohodio um den Hals, damit er den Ring nun sichtbar auf der Brust trug.

„Es lebe der Ringträger!", rief sie.

„Es lebe der Ringträger!", riefen alle im Chor.

Frohodio seufzte erneut.

Abrakorn sprach: „Während Billy und Frohodio mit dem Ring zum Rumpelberg gehen, sollten wir uns mit dem Säbel auf den Weg zum Kaiser machen."

Er ging zur Fensterbank, um die kaiserliche Waffe an sich zu nehmen, doch dann sah er, dass sie verschwunden war.

„Der Säbel des Kaiserkobolds ist gestohlen worden!", rief er entsetzt aus.

„Das war gewiss das diebische Heinzelmännchen. Es hat sich seine Beute zurückgeholt", meinte Rammgalf.

„Und was machen wir jetzt?", fragte Abrakorn.

„Wir müssen das Heinzelmännchen aufspüren und den Säbel wieder-finden, bevor er in die falschen Hände gerät!", forderte Rammgalf.

Elbomb holte eine Wassermelone aus dem Wandschrank, legte sie auf den Tisch und erklärte: „Mit diesem magischen Werkzeug wird es uns gelingen, das Heinzelmännchen aufzuspüren."

„Oh, eine Sehende Melone! Das ist ein sehr nützlicher Gegenstand", meinte Rammgalf.

„Ja, so etwas gehört in jeden anständigen Haushalt", sagte Elbomb.

Sodann ließ der Elfenfürst seine Hände über der magischen Frucht kreisen und sprach die Zauberformel:

„Gute Melone, sei so lieb:
Und zeige uns den Heinzeldieb!"

Die Melone leuchtete kurz auf und zeigte dann ein fröhlich grinsendes Heinzelmännchen, welches auf einem Besen durch die Lüfte flog.
„Das ist er!", rief Gimply. „Das ist der Wicht aus dem Bunker!"
„Aber wo fliegt er hin?", fragte Rammgalf.

Elbomb vollführte mit den Händen erneut eine kreisende Bewegung über der Melone und sprach dazu:

„Wir brauchen jetzt kein Eis am Stiel,
    dafür jedoch ein Reiseziel."

Nun zeigte die Melone einen Hafen, an dem mehrere große Segelschiffe ankerten. Zudem gab es dort schäbige Kneipen und eine Menge zerlumpter Seeleute."
„Das sieht nach einem Piratenhafen aus einem früheren Jahrhundert aus", sagte Rammgalf.
„Aber was bedeutet das?", fragte Abrakorn.
„Das kann nur eines bedeuten: Das Heinzelmännchen hat vor, durch ein Raum-Zeit-Portal in die Vergangenheit zu reisen", antwortete Rammgalf.
„In die Vergangenheit? Wie sollen wir das Heinzelmännchen dort finden?", fragte Abrakorn.
„Dafür brauchen wir die Hilfe des heiligen Gummibärchen-Orakels", erwiderte Rammgalf.
Er holte eine Tüte Gummibärchen aus der Manteltasche, riss die Tüte auf und ließ die heiligen Bärchen auf den Tisch fallen.
Danach hob er die Hände zum Himmel und sprach: „Ich rufe Aharibo, den allwissenden Gott der Gummibärchen! O weiser und mächtiger Aharibo, offenbare uns Zeit und Ort unsres Ziels!"
Daraufhin wurden die Gummibärchen lebendig und begannen auf dem Tisch herumzulaufen, wobei sie sich in der Form von Zahlen und Buchstaben aufstellten und sich in dieser neuen Position wieder hinlegten. Die Buchstaben und Ziffern ergaben für jeden lesbar eine Ortsangabe und ein Datum: Hafen von Tortilla, 23.09.1756.
„Wenn ich mich nicht irre, liegt Tortilla in der Karibik", sagte Elbomb.
„So ist es", bestätigte Rammgalf. „Tortilla war im 18. Jahrhundert ein berüchtigter Piratenhafen. Wahrscheinlich hat das Heinzelmännchen vor, den Säbel des Kaiserkobold dort zu verkaufen."

„Dann auf nach Tortilla!", rief Billy.

„Nur nichts überstützen!", entgegnete Abrakorn. „Es gibt da noch etwas anderes, was wir zu erledigen haben. Wir müssen unbedingt Kaiser Willy einen Besuch abstatten, bevor er von unseren Feinden ermordet wird."

„Ja, du hast Recht, Abrakorn", sagte Rammgalf. „Wir sollten die Sache mit deiner Adoption möglichst schnell über die Bühne bringen, bevor uns noch jemand einen Strich durch die Rechnung macht."

„Wovon redet ihr beiden da?", fragte Billy irritiert.

Rammgalf antwortete: „Das Gummibärchen-Orakel hat mir schon vor einiger Zeit prophezeit, dass Abrakorn auserwählt ist, den Thron des Kaiserkobolds zu besteigen. Doch damit sich diese Prophezeiung erfüllen kann, müssen wir zunächst Kaiser Willy überreden, Abrakorn zu adoptieren."

„Ich verstehe. Und was springt für uns dabei raus?", fragte Billy als nächstes.

Abrakorn räusperte sich und sprach: „Sobald ich Kaiser von Teuto-mania bin, soll jeder treue Gefährte, der mir bei der Erfüllung meiner Bestimmung geholfen hat, den Ritterschlag und eine Belohnung von 100.000 Reichsmark erhalten. Außerdem beabsichtige ich anlässlich meiner Krönung eine riesige Orgie zu veranstalten und die dafür nötigen Elfenmädchen bei deiner Erotik-Agentur zu bestellen.

„Klingt gut. Wir sind im Geschäft", sagte Billy und gab Abrakorn die Hand darauf.

„Ich bin auch dabei", sagte Gimply.

Auf einmal meldete sich Legohas zu Wort: „Mir fällt gerade ein, dass wir auch noch meine Schwester Schneeflittchen retten wollten, die von General Staubwedel nach Isargard entführt wurde."

„Ach! Das hatte ich schon ganz vergessen", sagte Rammgalf. „Das können wir nebenbei erledigen, zumal wir sowieso erst nach Isargard müssen, um mit dem Zug nach Berlinad-Dur zu kommen. Mit der Kuh zu fliegen, würde zu viel Aufmerksamkeit erregen."

„Warum gehen wir nicht einfach durch ein Dimensionsportal?", fragte Abrakorn.

„Weil es im Hyperraum von GEWIPO-Agenten wimmelt", antwortete Rammgalf.

„Wie wäre es, wenn wir durch die Minen von Huria gehen?", schlug Gimply vor. „Auf diesem Weg kommen wir unbemerkt nah an Isargard heran. Außerdem würde uns mein Vetter Prahlin, der König von Huria, gewiss einen feuchtfröhlichen Empfang bereiten. Die Partys von Huria sind legendär."

„Gute Idee! Lasst uns aufbrechen!", sprach Rammgalf.

„Ich bleibe hier", sagte Legohas."

„Wolltest du nicht deine Schwester retten?", fragte Gimply.

„Ja schon, ab das könnt ihr ja auch ohne mich erledigen. Ich werde in der Zwischenzeit ein Lied für euch dichten", erwiderte der Elf.

Darauf sagte Frohodio: „Ich bleibe auch hier und helfe beim Dichten."

Doch Rammgalf entgegnete: „Du musst mit uns kommen, Frohodio, denn du bist der Ringträger."

Frohodio streckte ihm den Ring entgegen und sprach: „Bitte sehr! Ich gebe den Ring gerne ab."

„Das geht nicht. Ich würde durch den Ring zu dicke Eier kriegen, was unvorhersehbare Folgen haben könnte", erklärte Rammgalf.

Darauf sagte Gimply: „Wenn der Ringträger ein Schlappschwanz sein soll, ist Legohas der Beste für diesen Job."

„Ich bin kein Schlappschwanz! Ich bin eine sensible Person!", entgegnete Legohas.

„Und ich will einfach nur nach Hause!", protestierte Frohodio.

Doch Onkel Billy sprach: „Schluss jetzt mit dem Theater, Frohodio! Du nimmst den Ring und kommst mit, oder ich schicke dich nach Shockwarts!"

Darauf sagte Professor Tumblemore: „Bei uns ist immer ein Platz frei."

Frohodio verstummte augenblicklich und legte sich brav die Kette mit dem Ring wieder um den Hals.

Nachdem sie ihre Rucksäcke mit ausreichend Proviant gefüllt hatten, brachen Rammgalf, Abrakorn, Gimply, Billy und Frohodio gemeinsam auf. Billy hatte von Elbomb noch ein paar nützliche Gegenstände erbeten und diese eingepackt.

Knallbus Tumblemore flog auf seinem Besen zurück nach Shockwarts und Legohas blieb bei seinen Verwandten im Tal der Lustigen Elfen, um dort ungestört neue Lieder zu schreiben.

Kapitel XI

Der Ferkelputsch

Angela Ferkel hatte indessen den Reichstag einberufen, um ihren Amtsantritt als Kanzlerin öffentlich bekannt zu geben.
Sie stand vor dem Rednerpult und schaute in die Reihen der gelangweilten Abgeordneten. Die meisten von ihnen dösten einfach nur so vor sich hin oder bohrten in der Nase, während andere in diversen Erotik-Magazinen blätterten oder zusammen mit ihren Sitznachbarn selbst geschossene Fotos von nackten Elfen anschauten, die vor dem Ersten Märchenweltkrieg im Reichstag gestrippt hatten.
Frau Ferkel begann ihre Rede: „Meine Damen und Herren, ich bitte um Ihre Aufmerksamkeit. Der Jodler hat mir heute das Amt des Reichskanzlers übertragen, was bedeutet, dass ich hier ab sofort das Sagen habe."
Die Delegierten reagierten darauf mit allgemeinem Desinteresse und einzelnen Buhrufen aus den hinteren Reihen.
Angela Ferkel ließ ihre Mundwinkel sinken und schaute mürrisch auf die buhenden Abgeordneten.
Dann schimpfte sie: „Ruhe auf den billigen Plätzen! Hören Sie sich doch erstmal mein Regierungsprogramm an! Oder interessiert es Sie gar nicht, dass ich eine deutliche Diätenerhöhung plane?"
Auf einmal verstummten die die Buhrufe und sämtliche Abgeordnete erwachten aus ihrem Dämmerzustand. Ihre Geldgier ließ sie alle aufhorchen und ein Kobold aus der ersten Reihe meldete sich zu Wort.
Die Kanzlerin schaute ihn an und fragte: „Was gibt es denn, Herr Schweinbrück?"
„Nun, ich würde gerne wissen, wie Sie die geplante Diätenerhöhung finanzieren wollen und mit welchem Prozentsatz wir dabei rechnen dürfen", sagte Peer Schweinbrück und rieb sich die Hände.
„Die genaue Prozentzahl steht noch nicht fest, aber es wird sich dabei um ein ordentliches Sümmchen handeln. Für die Finanzierung habe ich mir folgendes Konzept überlegt: Wir werden als erstes die Mehrwertsteuer anheben und den Bürgern erklären, dass diese Maßnahme zur Sanierung des Staatshaushalts nötig sei", erklärte die Kanzlerin.

Die Abgeordneten waren davon begeistert und spendeten großzügigen Beifall.

„Das ist noch nicht alles. Mein Konzept umfasst noch weitere Punkte", fuhr sie fort. „Punkt 2 ist die Einführung einer hohen Studiengebühr, mit der wir den ärmsten Studenten auch noch ihren letzten Pfennig aus der Tasche ziehen werden. Zur Begründung werden wir vorgeben, die Studiengebühren für Verbesserungen an den Universitäten zu nutzen, doch in Wahrheit werden wir das Geld der Studenten ausschließlich zur Aufbesserung unserer helvetischen Geheimkonten verwenden."

Nun applaudierten die Abgeordneten noch lauter.

„Der dritte und letzte Punkt besteht in der Einführung des achtstufigen Gymnasiums. Diese Maßnahme, die scheinbar nur dazu dient, den Schülern mehr Hausaufgaben aufzuhalsen, erfüllt darüber hinaus auch einen kommerziellen Zweck, denn wenn die jungen Leute ein Jahr früher ins Berufsleben einsteigen, dann müssen sie auch früher Steuern zahlen. Die zusätzlichen Einnahmen, die wir dadurch gewinnen, werden wir zur Erhöhung unserer Pensionen verwenden. So werden wir auch noch im Alter in Saus und Braus leben können, während die jungen Leute für uns schuften müssen."

Nun waren die Abgeordneten restlos überzeugt, dass Angela Ferkel eine kompetente Regierungschefin sein würde. So erhoben sie alle ihre Mittelfinger und riefen: „Geil Ferkel!"

Sie erwiderte darauf: „Ich freue mich, dass Ihnen mein politisches Konzept gefällt.

Allerdings können die vorgeschlagenen Reformen nur mit Herrn Ficklers Zustimmung in Kraft traten, zumal er als Jodler mit diktatorischen Vollmachten nach wie vor über ein Vetorecht gegen alle Beschlüsse des Reichstags verfügt.

Dies könnte zu einem ernsten Problem für uns werden, falls der Jodler noch einen Rest von Anstand in sich hat, was ich ihm durchaus zutraue. Somit besteht die Gefahr, dass er sich auf die Seite des Volkes stellen und unsere Ausbeutungspolitik boykottieren wird."

Diese Worte lösten Bestürzung und Empörung unter den Politikern aus, die nun an der Rechtmäßigkeit von Ficklers diktatorischen Vollmachten zweifelten.

Schließlich stand Peer Schweinbrück auf und rief: „Wenn der Jodler wirklich noch Sinn für Anstand hat, dann ist er keiner von uns!"

Dem stimmten die anderen zu und bald grölten alle zusammen: „Nieder mit dem Jodler!"

Angela Ferkel war darüber hocherfreut und wollte schon zum Sturz des Jodlers aufrufen, doch entschied sie sich dafür, die korrekte Form zu wahren und sprach: „Wir werden nun über die Grundsätze unserer zukünftigen Politik abstimmen. – Wer der Meinung ist, dass unsere Politik auf Anstand und Moral basieren sollte, der hebe jetzt die Hand!"

Sie ließ ihren Blick durch den Saal schweifen, um zu sehen, ob irgendein Wicht die Hand heben würde. Doch stimmte kein einziger Politiker für Anstand und Moral.

Dann sprach sie: „Wer dagegen meint, dass Heuchelei und skrupelloser Opportunismus die Basis unserer Politik bilden sollen, der hebe jetzt die Hand!"

Augenblicklich schnellten alle Hände nach oben.

„Sehr schön! Wie ich sehe, sind wir uns in den Grundsatzfragen alle einig. Nachdem wir nun den ideologischen Rahmen unserer künftigen Politik bestimmt haben, können wir zu konkreten Fragestellungen der politischen Praxis übergehen.

Wer ist dafür, dem Jodler weiterhin die Treue zu halten, obwohl er unsere Gehälter mit Sicherheit niemals aufstocken wird?"

Zur Antwort verschränkten sämtliche Politiker die Arme.

„Und wer ist dafür, den Jodler abzusetzen und seine diktatorischen Vollmachten auf mich, Angela Ferkel, zu übertragen?", fragte sie begierig.

Da hoben alle Abgeordneten die Hände und Ferkel sprach: „Damit ist es einstimmig beschlossen. Wir werden den Jodler stürzen und ich werde seine Nachfolge antreten!"

Die Abgeordneten sprangen auf und riefen: „Nieder mit dem Jodler! Es lebe Angela Ferkel!"

Wenig später marschierte Angela Ferkel an der Spitze der aufgebrachten Politikermeute zum Schwarzen Turm des Jodlers.

Dort angelangt, streckte sie die Hand aus und rief:

„Rabenschrei und Kuckucksei,
  Hexenbesen komm herbei!"

Der Besen der Hexe eilte sofort zu seiner Meisterin, die mit ihm hinauf zum Penthouse des Jodlers flog. Nachdem sie auf der Dachterrasse des Schwarzen Turms gelandet war, schlug sie mit ihrem Besen die Balkontür des Jodlerbüros ein.

Der Jodler, der am Schreibtisch saß und wie üblich in ein Erotik-Magazin vertieft war, schaute erschrocken auf und rief: „Frau Ferkel! Haben Sie den Verstand verloren?"

„Keineswegs, Herr Fickler. Aber Sie werden jetzt Ihr Leben verlieren!", erwiderte sie mit gehässigem Grinsen und einem dämonischen Funkeln in den Augen.

Kaltblütig richtete sie ihren Zauberstab auf den Jodler und sprach die tödlichen Worte: „Makabrer Kadaver!"

Ein roter Blitz schoss aus ihrem Zauberstab, doch der Jodler konnte sich noch rechtzeitig zur Seite werfen, sodass der tödliche Strahl nur den leeren Stuhl traf.

„Das ist Hochverrat! Dafür werden Sie bezahlen, Ferkel!", drohte Fickler, während er vom Boden aufstand und seinen Tirolerhut gerade rückte.

Angela Ferkel lachte höhnisch und sprach: „Was wollen Sie armseliger Wicht denn schon gegen mich ausrichten?! Sie können doch noch nicht einmal mit einem Zauberstab umgehen!"

„Ich brauche keinen Zauberstab, um mit Ihnen fertig zu werden! Ich werde Sie ganz einfach zu Tode jodeln!", erwiderte Fickler, der nun ebenfalls ein dämonisches Funkeln in den Augen hatte.

Die Kanzlerin ließ sich nicht einschüchtern und zielte erneut auf ihren Rivalen, doch ehe sie den Todesfluch wiederholen konnte, begann Fickler zu jodeln. Augenblicklich verfiel Ferkel dem Bann des Jodlers, der sie zwang, ihren Zauberstab und ihren Besen fallen zu lassen und auf der Stelle einen Schuhplattler zu tanzen.

Fickler brachte Ferkel mit seinem magischen Gejodel dazu, auf die Terrasse hinaus zu tanzen und folgte ihr. Sie war seiner musikalischen Macht hilflos ausgeliefert und tanzte auf den Rand des Daches zu. Als sie am Geländer angelangt war, sagte Fickler: „Nun stehen Sie am Ende Ihrer steilen Karriere, Frau Ferkel. Es ist Zeit für Ihren Absturz!"

Ohne der Kanzlerin Gelegenheit für ein letztes Wort zu geben, jodelte er unbarmherzig weiter. So zwang er sie, auf das Geländer zu steigen und darauf zu tanzen. Die Kanzlerin verlor dabei das Gleichgewicht und stürzte schreiend in die Tiefe.

„Der Sieg ist mein!", frohlockte der Jodler.

Doch Angela Ferkel rief im Fallen ihren Besen herbei, der ihr zu Hilfe eilte und sie in letzter Sekunde vor dem Aufprall bewahrte.

Angefeuert von den Abgeordneten, die unten vor dem Schwarzen Turm warteten, stieg die Kanzlerin wieder auf und landete erneut auf dem Dach des Turms, ohne dass Fickler es bemerkte.

Dieser war im Begriff, in das Penthouse zurückzugehen. So hatte die Kanzlerin Gelegenheit, ihn von hinten anzugreifen. Sie versetzte ihm mit dem Besenstiel einen Schlag auf den Kopf, sodass er bewusstlos zusammen brach und sein zerbeulter Hut herunterfiel.

Danach packte die Hexe den Jodler und schleifte ihn zum Rand des Daches. Sie hob Fickler hoch und wollte ihn über das Geländer werfen, doch in diesem Augenblick kam er wieder zu Bewusstsein. Er packte die mordlüsterne Kanzlerin am Arm und nahm sie mit in den freien Fall.

Die Hexe rief erneut ihren Besen herbei, der ihren Fall bremste. Dann entwand sie ihren Arm aus dem Griff des Jodlers, der sich daraufhin an den Besenstiel klammerte.

Da der Besen nur das Gewicht von einer Person tragen konnte, verlor er rasch an Höhe, sodass Ferkel zur Notlandung ansetzen musste.

Dabei fielen sie und Fickler auf die Erde und rollten noch ein paar Meter weiter. Ferkel sprang sofort wieder auf und stürzte sich auf ihn, um ihn zu erwürgen. Fickler wehrte sich heftig und rang mit der Kanzlerin. Doch dann beendete sie den Kampf, indem sie dem Jodler ihr Knie mit voller Wucht zwischen die Beine stieß.

Fickler jaulte vor Schmerz. Ferkel griff nach ihrem Besen und schlug ihren Feind nieder. Anschließen wollte sie ihn in den Fluss werfen, doch ehe sie ihre mörderische Absicht ausführen konnte, kamen die Abgeordneten herbei, um die Siegerin hochleben zu lassen. Sie packten die Kanzlerin und trugen sie auf Händen zur Reichskanzlei, während sie den Jodler achtlos liegen ließen.

Als der gestürzte Jodler ein paar Sekunden später mit schmerzendem Schädel aus seiner Ohnmacht erwachte, schaute er der grölenden Meute hinterher und murmelte grimmig: „Diese Schlacht hast du gewonnen, Ferkel, aber der Endsieg wird mein sein!"

Kapitel XII

Die Höhlen von Huria

Nach einem langen Fußmarsch, als die Sonne schon tief am Horizont stand und den westlichen Himmel in ein sattes Abendrot tauchte, erreichten die Gefährten den Siebten Berg, in dessen Höhlen sich das sagenhafte Königreich Huria verbarg.

Sie kamen vor einem Weiher mit trübem Wasser zum Stehen, hinter dem eine steile Felswand emporragte.

„Wir sind fast am Ziel. Dort drüben muss der Eingang zu Huria sein", verkündete Gimply.

So gingen sie um den Weiher herum und entdeckten in der Felswand eine große Eichenholztür, vor der ein Fußabstreifer lag.

Gimply betätigte die Türklingel und wartete, doch niemand öffnete.

„Es scheint niemand zuhause zu sein", bemerkte Billy.

„Wahrscheinlich sind sie alle zusammen verreist. Mal schauen, ob der Schlüssel unter der Fußmatte liegt", sagte Gimply und hob den Fußabstreifer hoch.

Anstatt eines Schlüssels fand er darunter nur einen Zettel mit einer Nachricht. Gimply las vor: „Sprich das Zauberwort und putz deine Schuhe ab, bevor du hier reinstapfst!"

Der Zwerg erinnerte sich, wie Heidewicht an den Säbel kam und rief: „Keine Ahnung!"

Doch hier zeigten diese Worte keine Wirkung.

Gimply zuckte mit den Achseln und sagte: „Als ich hier noch gewohnt habe, gab es noch kein Zauberwort. Da lag der Schlüssel immer unter der Fußmatte."

„Lass mal den Fachmann ran!", forderte Rammgalf und trat vor das Tor. Er hob seinen Zauberstab und sprach mit voll tönender Stimme: „Abrakadabra!"

Das Tor von Huria ließ sich davon nicht beeindrucken. So versuchte Rammgalf es nacheinander mit „Hokuspokus!", „Sesam öffne dich!" und „Jetzt geh endlich auf, du blöde Scheiß-Tür!", doch keine dieser magischen Formeln bewirkte etwas.

„Lasst es mich mal damit versuchen!", schlug Billy vor und zog einen Draht aus der Jackentasche.

Er probierte alle Kniffe aus, die er in seiner Jugend gelernt hatte, aber das Schloss ließ sich nicht knacken.

„Vielleicht sollten wir um den Berg herum gehen", meinte Frohodio.

„Nein, wir dürfen nicht so schnell aufgeben!", entgegnete Rammgalf und probierte weitere Zauberformeln aus.

Es verging eine ganze Stunde, in der Abrakorn, Gimply, Billy und Frohodio gelangweilt herumsaßen, während Rammgalf alles aufbot, was sein magischer Wortschatz zu bieten hatte. Doch das Tor zu Huria blieb verschlossen. Inzwischen war die Sonne untergegangen und der Vollmond leuchtete am klaren Nachthimmel.

Frohodio starrte auf den dunklen Weiher und sagte: „Im Mondlicht sieht dieser Tümpel richtig unheimlich aus. Ich finde, wir sollten von hier verschwinden, bevor ein Monster aus dem Wasser auftaucht."

„Unsinn! Hier gibt es keine Monster! Dieser Tümpel ist viel zu klein, um einem Ungeheuer ausreichend Lebensraum zu bieten", erklärte Rammgalf.

„Wenn das so ist, bin ich beruhigt", sagte Frohodio.

Plötzlich schnellte ein Tentakel aus dem Wasser, wickelte sich um Frohodios Fußknöchel und riss den Halbling in die Höhe.

„Hilfe!", schrie Frohodio.

Sodann stieg das gigantische Ungeheuer aus der Tiefe empor.

Es hatte einen menschlich geformten Kopf und Rumpf, doch anstatt Armen ragten aus beiden Seiten seines Leibes je fünf Tentakel heraus, die in den Ärmeln seines maßgeschneiderten Hemdes und Jacketts steckten. Dazu trug das Monster eine passende Krawatte.

„Das ist ein Quiz-Gigant!", rief Rammgalf überrascht.

Das Ungetüm grinste die vor ihm stehende Gruppe an und sprach: „Guten Abend, liebe Zuschauer! Herzlich willkommen bei: *Wer wird heute mein Abendessen?* Mein Name ist Günther Lauch."

Dann umwickelte er den immer noch kopfüber zappelnden Frohodio fest mit einem Tentakel, drehte ihn richtig herum und sagte zu ihm: „Guten Abend, mein Herr! Sie sind heute mein erster Kandidat. Wie ist Ihr Name?"

„Frohodio Beutelschneider", keuchte der Halbling verängstigt.

„Einen herzlichen Applaus für Frohodio Beutelschneider!", rief der Quiz-Gigant, woraufhin die Umstehenden sich einen Moment lang irritiert anschauten, dann aber folgsam in die Hände klatschten.

„Was machen Sie beruflich, Frohodio?", fragte der Quiz-Gigant.

„Ich bin der Neffe von Billy Beutelschneider", antwortete Frohodio.

„Das klingt nach einer sehr interessanten Tätigkeit. Kommen wir nun zur ersten Quiz-Frage. Sind Sie bereit?"

„Ja, aber bitte nicht so fest zudrücken!"

„Gut. Hier kommt die erste Frage: Auf welche Weise muss man einen Halbling zubereiten, damit er eine echte Delikatesse wird?

Antwort A: Kochen in Rotweinsoße.

Antwort B: Braten mit Currysoße.

Antwort C: Geräuchert und gewürzt mit Paprika.

Oder Antwort D: Auf offenem Feuer geröstet."

„Sie sollen mich überhaupt nicht zubereiten! Ich will nicht gegessen werden!"

„Wenn Sie die richtige Antwort nicht wissen, können Sie einen Joker benutzen. Sie haben die Wahl zwischen dem Publikumsjoker, dem Telefonjoker und dem Fifty-Fifty-Joker."

„Helft mir!", rief Frohodio.

„Sie nehmen also den Publikumsjoker. Alles klar", sagte der Quiz-Gigant und wiederholte die Frage an die Zuschauer gewandt.

Billy tippte auf Antwort A., Rammgalf entschied sich für Antwort B., Gimply und Abrakorn stimmten beide für Antwort D.

„Die Mehrheit der Zuschauer ist für Antwort D. Schließen Sie sich der Entscheidung des Publikums an?", fragte Günther Lauch.

„Nein! Ich finde, dass man Halblinge überhaupt nicht essen sollte!", erwiderte Frohodio.

„Diese Option steht nicht zur Auswahl. Sie müssen sich schon für eine der vorgegebenen Antworten entscheiden", belehrte der Quiz-Gigant den Kandidaten.

„Also gut. Dann nehme ich Antwort D."

„Das ist leider falsch. Einen Halbling röstet man nicht auf offenem Feuer, sondern man kocht ihn mit einem Schuss Rotwein, damit er ein besonderes Aroma bekommt."

„Wusste ich´s doch!", rief Billy, der die richtige Antwort vorge-schlagen hatte.

„Was passiert jetzt mit mir?", fragte Frohodio ängstlich.

„Nun, Sie sind leider ausgeschieden und müssen ungekocht nach Hause gehen", erklärte der Quiz-Gigant und warf Frohodio in den Tümpel.

Danach schnappte er sich Billy und sprach: „Guten Abend! Ich wette, Sie sind Frohodios Onkel."

„Ja, ich bin Billy Beutelschneider", sagte er.

„Einen herzlichen Applaus für Billy Beutelschneider!", rief der Quiz-Gigant und die Zuschauer klatschten.

„Und was machen Sie beruflich, Herr Beutelschneider?", fragte der Gigant.

„Ich bin in verschiedenen Branchen tätig. Hauptsächlich vermittle ich strippende und hurende Elfenmädchen an teutomanische Politiker."

„Sie engagieren sich also für bedürftige Staatswichte."

„Das könnte man so ausdrücken."

„Hervorragend. Sind Sie bereit für Ihre erste Quizfrage?"

„Aber sicher. Legen Sie los, Herr Lauch!"

„Welches Getränk serviert man am besten zu gekochtem Halbling? A: Weißbier?

B: Rotwein?

C: Jamaika-Rum?

Oder D: Kamillentee?"

Nach kurzem Überlegen sagte Billy: „Nun, da wir zähen Halblinge vermutlich schwer im Magen liegen, würde ich eine Tasse Kamillentee empfehlen."

„Das ist richtig! Applaus für Billy Beutelschneider!"

Die Zuschauer klatschten Billy Beifall, während Frohodio gerade aus dem Tümpel kletterte.

Der Quiz-Gigant sagte zu Billy: „Sie haben sich mit dieser richtigen Antwort als Vorspeise qualifiziert. Nun haben Sie die Wahl, entweder sofort von mir gegessen zu werden, oder um die Qualifikation zur Hauptspeise weiterzuspielen."

„Ich spiele weiter."

„Das freut mich. Hier kommt Ihre nächste Frage: Welches Gewürz muss man dem kochenden Sud hinzufügen, um den Halbling noch schmackhafter zu machen?

A: Paprika?

B: Zwiebeln?

C: Lauch?

D: Ingwer?"

„Keines davon. Einen Halbling kocht man am besten mit Miraculum", behauptete Billy.

„Was ist denn Miraculum?", fragte der Quiz-Gigant.

„Das ist eine sehr seltene und überaus kostbare Gewürzpflanze, mit der sich sämtliche Fleischgerichte veredeln lassen. Es bewirkt sogar, dass von Natur aus zähes Fleisch, etwa das von Halblingen, ganz wunderbar zart wird."

„Das hört sich sehr verlockend an. Wo bekommt man denn dieses Gewürz?"

„Miraculum gehört zu den heimlichen Höhlengewächsen und ist nirgendwo anders als in den Minen von Huria zu finden."

„Huria? Das liegt doch gleich hinter diesem Tor!"

„Ja, aber leider ist das Tor verschlossen und wir kriegen es nicht auf. Wir waren nämlich auf dem Weg zum Marktplatz von Huria, um dort frische Höhlenkräuter zu kaufen. Doch haben die Zwerge offenbar vergessen, das Tor für den Wochenmarkt aufzuschließen. Wenn Sie es für uns öffnen könnten, würden wir Ihnen gern ein Körbchen Miraculum mitbringen."

„Mit Vergnügen", sagte der Quiz-Gigant und setzte Billy behutsam ab.

Danach packte er das gewaltige Eichenholztor mit seinen Tentakeln und riss es heraus.

„Nichts wie rein!", rief Rammgalf und rannte durch die Toröffnung, gefolgt von Abrakorn, Gimply und Frohodio.

Obwohl die Toröffnung nach Zwergmaßstäben sehr groß war, war sie für den Quiz-Giganten zu klein, sodass die Gefährten sich nun in Sicherheit befanden.

Rammgalf brachte die Spitze seines Wanderstabs zum Leuchten und sprach: „Du bist wirklich ein schlauer Fuchs, Billy! ... He, Billy! Wo steckst du denn?"

„Er steht noch draußen!", rief Gimply.

„Sie haben noch etwas vergessen, Herr Lauch", sagte Billy. „Wenn Sie wollen, dass ich Ihnen Miraculum mitbringe, dann müssen Sie mir auch das Geld dafür mitgeben. Dieses Gewürz ist wirklich teuer."

„Ja, natürlich. Wieviel kostest es denn?"

„Ein Körbchen voll kostet 5000 Teutomanische Reichsmark."

„Ich habe leider kein Bargeld. Kann ich auch in Juwelen bezahlen?"

„Selbstverständlich."

Daraufhin tauchte der Quiz-Gigant auf den Grund des Tümpels und holte daraus ein kleines Säckchen hervor, das er Billy zuwarf.
Der Halbling fing es auf und schaute begierig hinein. Darin befanden sich kostbare Edelsteine – Rubine, Smaragde und Saphire – und Billys Herz schlug höher.
„Vielen Dank, Herr Lauch! Dafür werde ich Ihnen drei Körbchen Miraculum mitbringen."
„Wie schön! Dann werde ich hier auf Sie warten."

„Da kommt er!", rief Rammgalf, als Billy in die Höhle lief.
„Was hast du denn noch da draußen gemacht, Onkel Billy? Ich hatte schon das Schlimmste befürchtet", sagte Frohodio.
„Ich habe noch mit Herrn Lauch verhandelt und für drei Körbchen Miraculum ein Säckchen voll Edelsteine im Voraus kassiert", erzählte Billy und hielt stolz das Säckchen hoch.
„Aber es gibt doch gar kein Miraculum", wandte Rammgalf ein.
„Das weißt du. Aber der Quiz-Gigant weiß es nicht", erwiderte Billy mit schelmischem Grinsen.
„Onkel Billy, du alter Gauner! Du kannst es einfach nicht lassen!", schalt ihn Frododio.
Rammgalf sagte dazu: „Aber die Idee, dem Giganten ein Gewürz zu versprechen, damit er uns die Tür aufmacht, war wirklich originell und hat gut funktioniert."
„In der Tat", bestätigte Abrakorn.
„Danke!", erwiderte Billy.
Dann sprach Gimply: „Lasst uns nun in die Küche gehen! Es ist Zeit zum Abendessen."
Diesem Vorschlag stimmten alle zu und so führte Gimply seine Geführten zur Höhlenküche von Huria.
Als sie dort angelangt waren und Gimply den Kühlschrank öffnete, erschrak er jedoch bei dem Anblick, der sich ihm bot: Der Kühlschrank war vollkommen leer.
„Oh, nein! Es gibt hier nichts zu essen", stöhnte Gimply und ein tiefer Seufzer ging durch die Runde.
„Schaut mal, was ich hier gefunden habe!", rief Billy einen Augenblick später und rollte ein volles Bierfass aus einem Nebenraum heraus.

Das traurige Seufzen wich einem fröhlichen Jauchzen. Das Fass wurde sogleich in die große Festhöhle gerollt. Jeder holte sich einen Bierkrug aus der Küche und Rammgalf entzündete die an den Höhlenwänden hängenden Fackeln mit Magie.

In der Mitte dieses unterirdischen Bankettsaals stand eine lange Tafel, an der es sich die Abenteurer gemütlich machten und sich das Zwergenbier schmecken ließen. Dazu verspeisten sie ihren restlichen Reiseproviant, mit dem sie sich bei den Lustigen Elfen eingedeckt hatten.

Anschließend begaben sich alle zu einem der Schlafsäle und legten sich in die Betten der verreisten Zwerge.

Am frühen Morgen des nächsten Tages wurden die Höhlenbesetzer durch einen lauten Ruf aus dem Schlaf gerissen.

„Wo bleibt mein Miraculum?", hallte die Stimme des Quiz-Giganten durch ganz Huria.

„Was ist das für ein verdammter Lärm?", fragte Gimply.

„Wo bleibt mein Miraculum?!", hallte die Stimme erneut.

„Ach, das ist ja nur der Quiz-Gigant, der jetzt langsam merkt, dass ich ihn verarscht habe", sagte Billy.

Rammgalf war sichtlich nervös und sagte: „Wir müssen etwas unternehmen, bevor dieses Geschrei noch jemanden aufweckt."

„Aber wir sind doch schon alle wach", erwiderte Gimply.

„Ich meine nicht euch. Ich meine eine Kreatur, die auf keinen Fall geweckt werden darf", erklärte Rammgalf düster.

Kaum hatte er diese Worte gesprochen, da dröhnte auf einmal ein schreckliches Gebrüll durch die Höhlen von Huria.

„Oh, nein! Es ist zu spät. Der Knallbock ist erwacht!", rief Rammgalf.

„Was ist denn ein Knallbock?", fragte Frohodio.

„Uns bleibt keine Zeit für Erklärungen. Packt eure Sachen und folgt mir!", erwiderte Rammgalf.

Die Gefährten gehorchten und rannten ihm hinterher.

„Wohin führst du uns eigentlich?", fragte Gimply.

„Zur Brücke von Kassa Bumm", antwortete Rammgalf.

„Aber die Brücke liegt doch in der anderen Richtung!", protestierte der Zwerg.

„Warum hast du das nicht gleich gesagt? Ich war schon seit neunzig Jahren nicht mehr in Huria und mein Gedächtnis ist nicht mehr das Beste", erwiderte der alte Zauberkobold.

Also machten sie kehrt und liefen in die andere Richtung, doch blieben sie abrupt stehen, als am Ende des großen Höhlenganges ein riesiger, von Flammen umhüllter Ziegenbock erschien, der laut schnaubte und dabei schwarze Rauchschwaden aus seinen Nasenlöchern ausstieß.

Die Gefährten erschraken beim Anblick dieses grauenvollen Untiers und Rammgalf rief: „Das ist er! Der Knallbock!"

„Er versperrt uns den Weg zur Brücke!", rief Gimply.

„Wir brauchen Wasser, um ihn zu bekämpfen. Gibt es hier irgendwo größere Mengen Wasser?", fragte Rammgalf.

„Ja, in den Duschräumen. Die sind gleich da vorn", antwortete Gimply und ging voraus.

Sie rannten einen Seitengang entlang und stürmten durch eine Tür in die Gemeinschaftsdusche der Zwerge.

Gimply schloss von innen ab und die anderen drehten das kalte Wasser von sämtlichen Duschen auf. Wenig später stand der Knallbock vor der Tür und schlug mit seinen Hörnern so heftig dagegen, dass sie aus den Angeln fiel. Die Gefährten erschraken und flüchteten unter die hinterste Dusche am Ende des Raumes.

Der Knallbock drängte sich mit aller Kraft durch die enge Türöffnung und riss dabei einen Teil der Wand heraus. Gierig schaute er nach seiner Beute und trat langsam näher. Doch als ihn die ersten Wassertropfen trafen, zischte und qualmte sein feuriges Fleisch und er schrie auf vor Schmerz. Vom Wasser gepeinigt kehrte er um und rannte hinaus.

Die Gefährten atmeten erleichtert auf und Billy meinte: „Den Braten sind wir los."

Doch Rammgalf erwiderte: „Freu dich nicht zu früh! Der Knallbock wird uns draußen auflauern. Wir brauchen Spezialwaffen, um uns gegen dieses Monster zu verteidigen. Hat zufällig einer von euch ein paar Luftballons dabei?"

„Ich hätte ein paar Kondome anzubieten", sagte Billy.

„Sehr gut! Damit können wir uns schützen", erklärte Rammgalf.

So liefen sie zu den Waschbecken, füllten die Kondome mit Wasser und knoteten sie zu, um sie zu einsatzfähigen Wasserbomben zu machen. Nachdem sie alle ausgerüstet waren, gingen sie langsam zu dem großen Loch in der Wand und spähten vorsichtig hinaus, konnten den Feind aber nirgends entdecken.

Rammgalf sprach: „Achtung, Männer! Der Feind lauert irgendwo da draußen. Also seid wachsam und benutzt eure Kondome, bevor euch der Knallbock anspringt!"

Sie verließen ihren nassen Unterschlupf und marschierten den Stollen zurück, durch den sie gekommen waren. Rammgalf ging voran und erleuchtete den Weg mit seinem magischen Stab.

An der nächsten Kreuzung sprang der Knallbock hervor, stieß ein furchtbares Gebrüll aus und setzte dann nochmals zum Sprung an, um seine Beute anzufallen.

„Angriff!", rief Rammgalf, und sofort warfen alle gleichzeitig ihre Wasserbomben auf das Flammenmonster.

Der Knallbock wich schreiend zurück. Sein feuriger Leib zischte und dampfte, sodass sich die Gefährten wie in einem Dampfbad fühlten. Sie rannten an ihm vorbei und schlugen den Weg zur Brücke ein.

Nach ungefähr hundert Metern erreichten sie eine tiefe Schlucht, über die nur eine schmale und blitzförmig gezackte Brücke ohne Geländer führte, die tausend Jahre zuvor von dem exzentrischen Architekten Kassa Bumm erbaut worden war.

„Das ist sie: Die Brücke von Kassa Bum", sagte Gimply.

„Dieses Bauwerk hat einen interessanten Stil", bemerkte Billy.

„Beeilt euch, aber passt auf, dass ihr nicht in den Abgrund fallt!", mahnte Rammgalf.

Sie liefen nacheinander über die schmale Brücke. Doch als Rammgalf, der als Letzter ging, gerade erst die Mitte der Brücke erreicht hatte, war erneut das Gebrüll des Knallbocks zu hören. Rammgalf drehte sich um und erblickte einen heller werdenden Lichtschein.

„Der Knallbock wird bald hier sein! Geht weiter! Ich halte ihn auf!", rief er den anderen zu.

Gleich darauf erschien der feurige Ziegenbock und trabte auf Rammgalf zu. Der Zauberer konzentrierte sich, denn er wusste, dass er seine ganze Macht einsetzen musste, um dieses Ungetüm aufzuhalten. Als der Knallbock die Brücke betrat, hob Rammgalf seinen Stab und sprach mit donnernder Stimme:

„Dem Osterhasen fehlt ein Ei
  und du kannst heute nicht vorbei!

Er schlug mit seinem Stab auf den Boden, woraufhin sich um ihn herum eine Aura aus blauen Flammen bildete. Der Knallbock rannte auf Rammgalf los und wollte ihn mit seinen Hörnen aufspießen, doch hielt der magische Schild dem Angriff stand. So prallte das rote Feuer der Bestie an dem blauen Feuer des Zauberers ab.

Aber der Knallbock gab nicht auf und stieß immer wieder mit seinen brennenden Hörnern gegen den magischen Schild.

„Wenn du so weiter machst, wirst du bald höllische Kopfschmerzen bekommen, du sturer Bock!", mahnte Rammgalf.

Doch der Knallbock bewies eine ungeheure Zähigkeit und Rammgalfs Kräfte ließen langsam nach.

Die anderen beobachteten das feurige Ringen und sahen schaudernd, wie Rammgalfs schützende Aura immer blasser wurde.

Rammgalf starrte in die glühenden Augen des Knallbocks und sprach: „Wenn du nicht sofort zurückweichst und uns in Frieden gehen lässt, werde ich meine Geheimwaffe gegen dich einsetzen!"

Der Knallbock entgegnete mit donnernder Stimme: „Was für eine Geheimwaffe? Das ist doch nur ein Bluff!"

„Wie du meinst", sagte Rammgalf, klemmte sich seinen Stab unter den Arm und nahm seinen Hut ab.

Dabei verschwand sein magischer Schild vollständig, aber dafür zog der Zauberer ein weißes Kaninchen aus seinem Hut und hielt es dem Knallbock unter die Schnauze.

„Das soll eine Geheimwaffe sein?", fragte der Knallbock höhnisch und lachte.

Das Kaninchen ärgerte sich darüber und drohte: „Dir wird das Lachen noch vergehen! Ich bin ein extrem gefährlicher Gegner!"

Der Knallbock lachte noch lauter, aber dann machte das Kaninchen ernst und pinkelte dem Dämon ins Gesicht. Als der Strahl die feurige Fratze des Knallbocks traf, schrie er und taumelte qualmend zurück.

Rammgalf ging einen Schritt vor und das Kaninchen traf den Dämon erneut. Daraufhin verlor der Knallbock das Gleichgewicht und fiel in den Abgrund.

Wenige Sekunden nach seinem Fall war ein lautes Platschen zu hören und eine Menge Dampf stieg aus der Tiefe empor.

„Hurra! Ich habe den Knallbock besiegt!", rief der Zauberer.

Die Gefährten jubelten ihm zu, aber das Kaninchen protestierte: „Von wegen *du* hast ihn besiegt! *Ich* habe ihn besiegt! Nicht du!"

„Halt die Schnauze! Du bist nur eine Requisite!", entgegnete Rammgalf und steckte das Kaninchen wieder in den Hut.

Aber das Kaninchen ließ sich diese Behandlung nicht gefallen und biss dem Zauberer in die Hand.

„Aua!", rief Rammgalf und rutschte vor Schreck auf der schmalen Brücke aus. Laut schreiend stürzte er mit Hut und Kaninchen in die Tiefe.

„Rammgalf!", riefen die Gefährten entsetzt.

Als der Schrei des Zauberers verstummte, war erneut ein Platschen zu hören.

„Was war das?", fragte Abrakorn.

„Rammgalf ist ins Wasser gefallen. Durch diese Schlucht verläuft ein unterirdischer Fluss", antwortete Gimply.

„Dann hat er den Sturz vielleicht überlebt", meinte Billy.

„Folgt mir! Vielleicht können wir ihn noch retten", sprach Gimply.

Die Gefährten folgten Gimply durch einen Stollen hinaus ins Freie, wo sie unter sich einen Fluss sahen, der aus einer Öffnung des Berges strömte.

„Seht! Dort ist er!", rief Gimply und zeigte auf Rammgalf, der gerade hinausgeschwemmt wurde und nun verzweifelt im Wasser herumplätscherte.

„Wir müssen ihn retten! Kann einer von euch schwimmen?", fragte Abrakorn.

„Naja, ich habe ein Seepferdchen", sagte Frohodio.

„Lasst mich das machen!", sprach Billy und zog seine Jacke aus.

Die Strömung war nicht sonderlich stark, sodass Rammgalf noch nicht weit abgetrieben war. Billy sprang in die Fluten und schwamm zu Rammgalf und nahm ihn in den Schlapptau. Als sie gemeinsam das rettende Ufer erreicht hatten, spuckte der Zauberer das geschluckte Wasser aus und bedankte sich anschließend bei Billy.

Die anderen liefen herbei und Abrakorn fragte: „Bist du wohlauf, Rammgalf?"

„Es ging mir schon besser. Ich fühle mich so nass", antwortete er.

Billy fiel auf, dass Rammgalfs ehemals graue Robe und sein einst grauer Bart auf einmal ganz weiß waren.

„Du siehst ganz verwandelt aus, Rammgalf. Und du riechst auch ganz verwandelt", stellte Billy fest.

„Nun, ich muss zugeben, dass mein letztes Bad schon eine Weile her ist. ich bin mit meiner Körperpflege wohl etwas nachlässig geworden, seit ich vor zehn Jahren meine Anstellung als kaiserlicher Hofzauberer verloren habe", gestand Rammgalf.

„Dann wird es höchste Zeit, dass du dir einen neuen Job suchst", meinte Billy.

Rammgalf streckte den rechten Arm aus, woraufhin sein magischer Stab aus dem Fluss auftauchte und in die Hand seines Meisters flog.

„Lasst uns unseren Weg fortsetzten!" sprach er.

So marschierten sie weiter, bis Rammgalf einfiel, dass er seinen Hut verloren hatte.

„Halt!", rief er. „Wir müssen meinen Hut suchen! Vielleicht hat ihn der Fluss ja irgendwo an Land gespült."

„Kannst du ihn nicht einfach herbeirufen wie deinen Stab?", fragte Gimply.

„Nein, das funktioniert nur bei Stäben", antwortete Rammgalf.

„Vergiss den alten Hut! Der war sowieso schon total vergammelt", sagte Billy.

„Und was ist mit meinem Kaninchen?", fragte Rammgalf.

„Ich kündige!", rief das Kaninchen vom anderen Ufer des Flusses aus und hoppelte anschließend davon.

Kapitel XIII

Aufruhr in Isargard

Wenig später erreichten sie einen S-Bahnsteig. Dort löste jeder von ihnen einen Fahrschein am Automaten.

Die S-Bahn kam nach einer halben Stunde und die Gefährten stiegen ein.

Bei den anderen Fahrgästen handelte es sich um bajuwarische Kobolde, die fast alle in ihrer Stammestracht gekleidet waren. So trugen die Koboldfrauen Dirndl und die Koboldmänner Lederhosen und Filzhüte mit Gamsbart.

Als Billy und Frohodio Platz nahmen, gab es einiges Gemurmel unter den Bajuwaren.

„Die haben wohl noch nie zuvor Halblinge gesehen", meinte Billy zu seinem Neffen.

Der Schaffner betrat den Wagon und sprach: „Grüß Gott! Die Fahrscheine bitte!"

Als er bei Billy und Frohodio ankam und ihre Fahrscheine kontrollierte, sagte er zu ihnen: „Verzeihung, aber an Ihrer Stelle würde ich nicht nach Isargard fahren. Dort wimmelt es von SDSDS-Soldaten, die Halblinge in Meditationslager verschleppen."

Billy antwortete darauf: „Dagegen haben wir überhaupt nichts einzuwenden. Wir waren bereits in einem solchen Ferienlager zu Gast und haben uns prächtig amüsiert."

Der Schaffner war über diese Aussage ziemlich überrascht, ging dann aber zu den anderen Fahrgästen, ohne weiter nachzufragen.

Eine dicke Koboldine, die auf der anderen Seite saß, sagte zu ihrem Mann: „Da siehst du 's, Erwin! Den Halblingen geht es gut in den Meditationslagern. Ich hab dir doch von Anfang an gesagt, dass der Jodler ein herzensguter Wicht ist. Ein Kobold, der so wunderschön jodeln kann, tut niemandem etwas Böses."

„Du mit deinem Jodler!", erwiderte Erwin genervt. „Der hat jetzt sowieso nicht mehr viel zu melden, nachdem er diese Angela Ferkel zur Kanzlerin ernannt hat. Ich sag 's dir, Hildegard: das war der größte Fehler, den der Jodler machen konnte! Und jetzt haben wir die Ferkel am Hals!"

„Ach, Erwin! Musst du immer alles so schwarzsehen? Vielleicht ist die Frau Ferkel ja gar nicht so schlecht als Kanzlerin", erwiderte Hildegard.

„So ein Schmarren! Eine Frau im Kanzleramt! Und noch dazu eine aus dem Osten! So was kann doch nicht gut gehen!", schimpfte Erwin.

Währenddessen streifte der entmachtete Jodler durch die Straßen eines schäbigen Viertels von Berlinad-Dur und dachte angestrengt darüber nach, wie er sich an Angela Ferkel rächen und die Herrschaft über Teutomania zurückgewinnen könnte.

Auf einmal bemerkte er vor sich fünf ausgewachsene Stadttrolle, die einem minderjährigen Halbling nachschlichen.

Jeder der fünf Trolle hatte eine Glatze und trug Springerstiefel, Army-Hose und Bomberjacke.

Stadttrolle waren primitive Kreaturen, die in den heruntergekommenen Vierteln der großen Koboldstädte hausten.

Wie die Kobolde hatten auch sie eine grüne Haut und lange, spitze Ohren. Doch unterschieden sie sich in ihrer Statur ganz erheblich von den Wichten. Ein durchschnittlicher Stadttroll hatte die Körpergröße eines Menschen oder Elfen, aber viermal so viel Muskelmasse.

Die fünf Stadttrolle schlichen sich vorsichtig an den halbwüchsigen Halbling heran und wollten ihn gerade packen, als er sich unverhofft umdrehte. Da erschraken die Trolle und rannten davon, um sich hinter den am Straßenrand stehenden Mülltonnen zu verstecken. Der Halbling grinste und schlenderte fröhlich pfeifend weiter.

Als der Jodler dies sah, war er sichtlich empört über die mangelnde Tapferkeit der Trolle und murmelte ärgerlich: „Mit so einem feigen Gesindel kann man doch keinen Krieg mehr gewinnen! Denen werde ich jetzt mal ordentlich den Marsch blasen!"

Er ging auf die Trolle zu und rief: „Ihr elenden Feiglinge! Ihr Deserteure! Schämt ihr euch nicht, euch vor dem Feind zu verstecken? Marsch, zurück in die Schlacht! Stürzt euch auf den Halbling und steckt ihn in ein Meditationslager!"

Die Trolle zuckten vor Schreck zusammen, als Fickler sie anbrüllte. Doch der Schrecken wich ehrfürchtigem Staunen, als sie erkannten, wer da vor ihnen stand.

„Es ist der Jodler!", rief einer von ihnen.

„Ja, ich bin der Jodler und ich werde euch gleich etwas vorjodeln, wenn ihr nicht sofort in den Kampf zieht!", erwiderte er.

Da freuten sich die Trolle wie kleine Kinder und riefen begeistert: „Jodeln! Jodeln! Jodeln!"

Fickler war leicht irritiert und sagte: „Ich bin heute eigentlich nicht in der Stimmung dazu."

„Oh, bitte lieber Jodler, jodle uns was vor!", bettelten die Trolle.

„Also gut. Vielleicht kann ich euch ja ein wenig Mut anjodeln", meinte er und begann mit seiner musikalischen Darbietung.

Der Halbling hielt sich die Ohren zu und rannte davon, während die Trolle fröhlich Schuhplattler tanzten.

Nachdem er sein Gejodel beendet hatte, fragte er sein Publikum: „Seid ihr nun bereit, mir in die Schlacht zu folgen und mir bei der Rückeroberung der Reichskanzlei zu helfen?"

„Wir folgen dir, mein Jodler!", sprach der Anführer der Trollgruppe und zeigte Fickler den Mittelfinger.

„Ausgezeichnet! Gibt es noch mehr von eurer Sorte?"

„Jawohl, mein Jodler! Wir gehören einem großen Jodelfanclub an und würden uns freuen, wenn du bei uns auftreten würdest."

„Einverstanden", sagte Fickler und begleitete die Trolle zu ihrem Vereinshaus.

In der Zwischenzeit hatte die S-Bahn den Isargarder Hauptbahnhof erreicht. Dort stiegen die Gefährten aus und Rammgalf zog einen Stadtplan aus seiner Manteltasche, den er sogleich eifrig studierte.

„Wo geht es denn nun zur Staatskanzlei?", fragte Billy ungeduldig.

„Das ist die entscheidende Frage. Doch die Antwort liegt noch im Dunkeln. Ich schlage vor, dass wir zunächst zum Karlsplatz laufen und dann weitersehen. Vielleicht finden wir dort die Antwort, nach der wir suchen", erwiderte Rammgalf.

So liefen sie die Schützenstraße hinunter zum Karlsplatz. Dort war eine ansehnliche Menge junger Kobolde versammelt, die einen ziemlichen Radau veranstalteten. Manche der Kobolde hielten Plakate hoch, auf denen Parolen wie „Nieder mit Ferkel und Staubwedel!", „Scheiß-Ferkel-Politik!" oder „Schlachtet die schwarzen Schweine!" zu lesen waren. Andere Plakate zeigten Karikaturen von Ferkel, Staubwedel und anderen Politikern, die am Galgen hingen oder gerade enthauptet wurden.

„Was ist denn hier los?", fragte Billy.

„Anscheinend findet hier eine Demonstration statt. Lasst uns mal nachfragen, worum es dabei geht", erwiderte Rammgalf und ging auf einen am Rand stehenden Koboldjungen zu.

„Entschuldigung! Kannst du uns sagen, was hier los ist?", fragte der Zauberer.

„Ja, hier findet eine Gemeinschaftsdemo von Schülern und Studenten statt. Die Studenten demonstrieren gegen die Studiengebühren und die Schüler gegen das achtstufige Gymnasium. Außerdem sind noch andere Leute dabei, die gegen die Mehrwertsteuer demonstrieren oder einfach mit der Gesamtsituation unzufrieden sind", antwortete der Kobold.

„Warum schreibt ihr das nicht auf eure Plakate?", fragte Rammgalf

„Das haben wir schon probiert, aber die Politiker haben unsere Forderungen einfach ignoriert. Deshalb rufen wir jetzt zur Revolution auf."

„Interessant. Wir sind gerade auf dem Weg zur Staatskanzlei, um eine gefangene Elfe aus den Klauen des Gouverneurs zu befreien. Nur wissen wir leider nicht, wie wir dort hinkommen."

„Da könnt ihr einfach mit uns gehen. Wir marschieren nämlich gleich zur Staatskanzlei."

So schlossen sich die Gefährten der Demonstration an und zogen durch die Straßen von Isargard, bis sie vor dem alt-ehrwürdigen Prachtbau der Bajuwarischen Staatskanzlei ankamen.

Gouverneur Staubwedel saß in seinem Büro und war gerade in seine Akten vertieft, als er durch den Lärm der Demonstranten gestört wurde.

„Was geht denn da draußen vor?", fragte er sich und stand auf, um aus dem Fenster zu schauen.

Als er die Demonstranten sah, fluchte er, „Kruzifix!", und ging zum Telefon.

„Frau Schmitt, schicken Sie mir sofort den Speckstein rein!", bellte er in den Hörer.

Wenige Minuten später klopfte es an der Tür und Leutnant Speckstein kam herein. Er salutierte vor Staubwedel und sprach: „Zu Ihren Diensten, Herr Gouverneur!"

„Speckstein, können Sie mir sagen, was da unten vorgeht?"

„Jawohl, Herr Gouverneur! Es handelt sich hier um eine nicht angemeldete Demonstration von Schülern und Studenten, die mit Ihrer und Frau Ferkels Politik unzufrieden sind und nun zur Revolution aufrufen."

„Äh... das ist ja eine Unverschämtheit! Wir müssen diese Revolte sofort mit brutaler Gewalt niederschlagen! Fahren Sie sofort zur Kaserne und holen Sie ...äh... unsere Panzerbrigade!"

„Zu Befehl, Herr Gouverneur!"

Abrakorn sagte zu Rammgalf: „Diese Rebellion kommt genau zur rechten Zeit. Wir müssen die Gelegenheit nutzen, um das Volk für unsere Sache zu gewinnen."

„Das sehe ich auch so", sagte Rammgalf und so bahnten sie sich einen Weg durch die Menge, bis sie die zum Tor der Staatskanzlei führenden Stufen erreicht hatten.

Dort riss Rammgalf dem Anführer der Demonstranten das Megafon aus der Hand und begann eine Rede: „Bürger von Teutomania, hört mich an! Ich bin Rammgalf von Rammelhausen, der ehemalige Hofzauberer von Kaiser Willy dem Zweiten. Und ich bin heute hier, um euch euren Kronprinzen vorzustellen. Dieser junge Landstreicher neben mir ist Abrakorn, der von den Göttern auserwählt wurde, unser Land von der Tyrannei der amtierenden Politiker zu befreien.

Es mag euch vielleicht seltsam erscheinen, dass ein Landstreicher euer neuer Kaiser werden soll, aber so haben es die Götter beschlossen, die mir ihren Willen durch das heilige und unfehlbare Gummibärchen-Orakel verkündet haben."

Nun reichte er Abrakorn das Megafon und dieser sprach: „Ich grüße euch, meine künftigen Untertanen! Nach meiner Kaiserkrönung werde ich die Studiengebühren und das G8 wieder abschaffen und die Mehrwertsteuer absenken."

Die Demonstranten spendeten Beifall.

„Darüber hinaus werde ich an allen Universitäten Partys auf Staatskosten veranstalten, wie sie bisher nur im Reichstag veranstaltet wurden. Ich spreche von Partys mit strippenden Elfen aus Billy Beutelschneiders Erotikagentur!"

Die (männlichen) Studenten grölten vor Begeisterung und Billy, der ein Millionengeschäft witterte, rief: „Geil Abrakorn!"

Rammgalf nahm das Megafon wieder an sich und erklärte: „Im Verließ der Staatskanzlei wird eine Elfe namens Schneeflittchen gefangen gehalten, die wir dringend brauchen, um Abrakorn zum Kaiser zu machen. Wenn wir alle gemeinsam die Staatskanzlei stürmen, können wir den Gouverneur als Geisel nehmen und Schneeflittchens Freilassung erzwingen. Seid ihr bereit zu einer echten Revolution?"

„Ja!", grölten die Demonstranten euphorisch.

„Dann los!", rief Rammgalf und schritt Seite an Seite mit Abrakorn auf das Tor der Staatskanzlei zu, mit den versammelten Rebellen im Rücken.

Die Wachmänner sahen sich außer Stande, die revolutionäre Flut aufzuhalten, und ergriffen eilig die Flucht. So gelangten die Rebellen ungehindert in das Gebäude. Rammgalf, der sich in der Staatskanzlei auskannte, stieg die Treppe zum ersten Stock hinaus ging geradewegs zum Gouverneursbüro, gefolgt von zahlreichen Demonstranten. Vor der Tür blieb Rammgalf stehen und rief nach Gimply.

„Hier bin ich", antwortete der Zwerg und stieß alle Wichte beiseite, die ihm im Weg standen.

„Es ist an dir, den Gouverneur einzuschüchtern und die Freilassung Schneeflittchens zu erwirken. Ich glaube, du kannst das besser als jeder andere von uns", meinte Rammgalf und schaute zu dem Zwerg auf, der aus Koboldsicht ziemlich groß und fruchterregend war.

„Das sehe ich auch so", sagte Gimply und trat die Tür ein.

Er stürmte mit seiner Streitaxt in das Büro und schlug den Schreibtisch des Gouverneurs entzwei.

Edmund Staubwedel erschrak und fragte zittrig: „Äh... wer sind Sie? ... Und was wollen Sie von mir?"

„Haben Sie mich schon vergessen, Herr Gouverneur? Ich bin Gimply, der Häuptling der Sieben Zwerge. Und Sie haben mit Ihrem Panzer mein Reservat überrollt und mein Haus in Schutt und Asche gelegt, Sie elender Mistkerl!", erwiderte er.

„Äh... das war nicht persönlich gemeint", stammelte Staubwedel.

„Ach, nein?! Wenn jemand mein Haus in Schutt und Asche legt, dann nehme ich das aber sehr persönlich!", brüllte Gimply.

Er packte den Gouverneur am Kragen und schüttelte ihn, wie es auch schon Schneeflittchen mit ihm getan hatte.

In diesem Augenblick kamen Rammgalf und Abrakorn herein.

„Guten Tag, Herr Staubwedel! Lange nicht gesehen", sagte Rammgalf fröhlich.

„Herr von Rammelhausen, was machen Sie denn hier bei diesen Barbaren? Sie sind doch der kaiserliche Hofzauberer!", erwiderte Staubwedel schockiert.

„Das bin ich schon seit zehn Jahren nicht mehr. Ich bin hier, weil ich Sie um die Freilassung von Schneeflittchen bitten möchte", erklärte Rammgalf.

„Tut mir leid, ...äh... aber dieser Bitte kann ich unmöglich nachgeben. Schneeflittchen ist ...äh... mein rechtmäßiges Eigentum", erwiderte Staubwedel trotzig, obwohl er immer noch in der Luft hing.

Gimply schüttelte ihn erneut und entgegnete zornig: „Nein, Schneeflittchen ist *mein* Eigentum! Ich habe sie zuerst erbeutet!"

Rammgalf öffnete ein Fenster und meinte: „Vielleicht braucht Herr Staubwedel ein wenig frische Luft, um wieder einen klaren Kopf zu bekommen."

„Ja, wahrscheinlich", sagte Gimply und hielt den Gouverneur zum Fenster hinaus.

„He! Was soll dieser ...äh... Unsinn?! Lass mich bloß nicht fallen, du barbarischer Zwerg!", rief Staubwedel.

„Warum denn nicht?", fragte Gimply zynisch.

„Sind Sie nun bereit, Schneeflittchen freizulassen?", fragte Rammgalf.

„Meinetwegen. Ihr könnt die Dirne haben", antwortete Staubwedel.

Daraufhin holte ihn Gimply wieder rein und setzte ihn ab.

„Führen Sie uns zu Schneeflittchens Verließ!", befahl Rammgalf.

„In Ordnung", sagte Staubwedel.

Er wollte gerade zur Tür hinausgehen, als der junge Kobold hereinkam, dem Rammgalf das Megafon abgenommen hatte.

Der Wicht warf einen höhnischen Blick auf Staubwedel und sagte
anschließend zu Rammgalf: „Da wir den Gouverneur jetzt in unserer
Gewalt haben, können wir doch eigentlich gleich die Abschaffung der
Studiengebühren fordern."

„Alles zu seiner Zeit, mein junger Freund!", mahnte Rammgalf. „Wer
bist du eigentlich?"

„Ich bin David Unruh, ein Student der Uni Isargard und der Sprecher
der Demonstranten", stellte er sich vor.

„Gut, David. Der Sturm auf die Staatskanzlei war erfolgreich. Nun
führe deine Leute wieder nach draußen! Wir holen noch Schneeflittchen aus dem Kerker und kommen dann nach", sprach Rammgalf
und gab David sein Megafon zurück.

„In Ordnung", sagte dieser und ging aus dem Büro.

Nachdem die Demonstranten das Gebäude verlassen hatten, begleitete
Staubwedel Rammgalf und Abrakorn hinunter ins Verließ. Unterwegs
im Treppenhaus kamen ihnen Billy und Frohodio entgegen.

„Ah, da seid ihr ja!", rief Billy.

Als der Gouverneur Billy Beutelschneider erkannte, war er höchst
überrascht und fragte: „Herr Beutelschneider, was haben Sie denn mit
diesen Rebellen zu schaffen?"

„Oh, guten Tag, Herr Staubwedel! Es freut mich, Sie wiederzusehen.
Waren Sie mit den Tänzerinnen zufrieden, die ich Ihnen letztes Jahr
für Ihre Landtagsparty vermittelt habe?"

„Ja, durchaus. Die Tänzerinnen haben allen Abgeordneten sehr
gefallen und die …äh… Prostituierten waren auch nicht schlecht. Aber
ich bin entsetzt darüber, dass Sie sich nun mit so einem …äh…
aufmüpfigen Gesindel abgeben! Ich dachte, Sie wären ein seriöser
Geschäftsmann!"

„Nun, ich bin nur durch Zufall in diese Sache hineingeraten. Eigentlich wollte ich mit meinem Neffen zum Bergsteigen gehen, aber dann
wurden wir von der SDSDS…"

Rammgalf fiel ihm ins Wort: „Das kannst du Herrn Staubwedel später erzählen, Billy. Wir haben keine Zeit zu verlieren!"

Als sie im Verließ ankamen, salutierten die Kerkerwachen vor dem Gouverneur. Einer von ihnen führte sie zu Schneeflittchens Zelle und schloss die Tür auf.

Billy grüßte gut gelaunt: „Hallo, Schneeflittchen! Kennst du mich noch?"

„Billy Beutelschneider! Wie könnte ich dich jemals vergessen? Dir verdanke ich doch diesen ganzen Schlamassel, du gemeiner Schurke!"

„Freust du dich auch, *mich* zu sehen?", fragte Gimply und trat grinsend an sie heran.

„Was, du bist auch hier? Das muss ein Albtraum sein!", stöhnte sie.

„Keineswegs. Wir sind hier, um dich zu befreien", erklärte Billy.

„Ha! Dass ich nicht lache! Bevor ich mich von euch Halunken retten lasse, bleibe ich lieber hier!", erwiderte Schneeflittchen trotzig.

„Das kommt überhaupt nicht in Frage! Wir brauchen dich für unser weiteres Vorgehen", stellte Rammgalf klar. „Gimply, schnapp dir die störrische Elfe und nimm sie mit!"

„Gern", sagte der Zwerg, packte Schneeflittchen und warf sie sich über die Schulter.

Die Elfe kreischte und strampelte, aber der Zwerg ließ sich dadurch nicht aus der Ruhe bringen.

Erst jetzt bemerkte Rammgalf das Heinzelmännchen, das in der Ecke stand und das Geschehen mit großen Augen beobachtete.

„Wer bist du denn?", fragte Rammgalf.

„Ich heiße Baldrian und ich bin schon weg", sprach das Heinzelmännchen und huschte eilig davon.

Vor den Toren der Staatskanzlei warteten die Demonstranten. Als Rammgalf und die anderen herauskamen, ging David auf Rammgalf zu und fragte: „Wie ist es gelaufen?"

„Perfekt nach Plan. Wir haben Schneeflittchen als Beute und den Gouverneur als Geisel. Lasst uns nun zum Bahnhof marschieren!", sprach Rammgalf.

Und so zogen sie gemeinsam los.

Auf halber Strecke klingelte Staubwedels Handy und er ging ran: „Hallo? Ah, Speckstein! Gut, dass Sie anrufen. Fahren Sie mit den

Panzern sofort zum …äh… Hauptbahnhof! Die Rebellen haben mich entführt…äh…"

Rammgalf nahm ihm das Handy ab und sagte ärgerlich: „Das war sehr undiplomatisch, Herr Staubwedel. Ich hatte von Ihnen etwas mehr Kooperationsbereitschaft erwartet."

David rief: „Beeilen wir uns lieber, damit wir den Bahnhof vor den Panzern erreichen! Lauft schneller, Kameraden!"

Die Demonstranten beschleunigten das Marschtempo, doch als sie am Bahnhofsplatz ankamen, standen schon fünfundzwanzig Panzer zu ihrem Empfang bereit.

„Scheiße! Was machen wir jetzt?", rief David.

„Nur keine Panik! Wir haben immer noch den Gouverneur in unserer Gewalt", erwiderte Rammgalf.

Er richtete seinen Stab demonstrativ auf Staubwedel und rief den Soldaten zu: „Wenn ihr euren Gouverneur unbeschadet wiederhaben wollt, dann zieht euch zurück und gebt den Weg frei! Andernfalls werde ich Herrn Staubwedel auf der Stelle in eine Kröte verwandeln!"

Daraufhin kletterte Leutnant Speckstein aus der Einstiegsluke des vordersten Panzers und schaute zweifelnd zu Staubwedel.

Dieser rief ihm zu: „Tun Sie, was er verlangt! Ich will keine Kröte werden!"

„Einen Augenblick bitte! Ich muss zuerst Rücksprache mit der Kanzlerin halten", erwiderte Speckstein und zog sein Handy aus der Tasche.

„Das darf doch nicht wahr sein!", schimpfte Staubwedel.

„Anscheinend haben Sie Ihre Leute nicht allzu gut im Griff, Herr Gouverneur", bemerkte Rammgalf.

„Das liegt nur an dieser Ferkelpolitik in Berlinad-Dur! Bevor Angela Ferkel die Macht an sich gerissen hat, hatte ich hier alles im Griff. Eigentlich wollte ich selber mal Reichskanzler werden, aber diese …äh… heimtückische Hexe hat mir den Posten einfach vor der Nase weggeschnappt", erzählte Staubwedel, während Speckstein telefonierte.

Nachdem er das Gespräch beendet hatte, verkündete Speckstein: „Es tut mir leid für Sie, Herr Staubwedel, aber die Kanzlerin hält Sie für entbehrlich und hat *mich* zum neuen Gouverneur ernannt. Außerdem hat sie mir befohlen, sofort das Feuer zu eröffnen."

„So eine Frechheit! Der alten Hexe werde ich was erzählen, wenn ich das nächste Mal nach Berlinad-Dur komme! Und Sie, Speckstein, machen …äh… gefälligst keinen Blödsinn, Sie kleiner Möchtegern-Gouverneur!", wetterte Staubwedel.

„Halten Sie die Schnauze! Ich bin jetzt der Boss hier, und Sie sind Kanonenfutter!", entgegnete Speckstein.

Er wollte gerade in seinen Panzer steigen, als David eine Kastanie aus seiner Hosentasche zog und sie nach Speckstein warf. Die Kastanie traf Speckstein genau zwischen die Augen und er fiel bewusstlos vom Dach seines Panzers.

„Gut gemacht, David!", rief Rammgalf.

„Sehr gut gemacht, David!", rief Staubwedel.

„Danke! Wenn ich zu einer Demo gehe, habe ich immer ein paar Kastanien dabei", erzählte David und grinste.

Nun stiegen die Soldaten aus ihren Panzern, und einer von ihnen ging zu Speckstein, um seinen Puls zu fühlen.

Danach rief er: „Der Gouverneur ist tot!"

„*Ich* bin der Gouverneur!", protestierte Staubwedel.

Rammgalf sagte zu ihm: „Sie sind wieder Gouverneur, aber Sie sind immer noch unsere Geisel. Also schicken Sie Ihre Leute jetzt nach Hause!"

„Von mir aus. – Männer, räumt den Platz und macht …äh… für heute Feierabend!", sprach Staubwedel.

„Hoch lebe Gouverneur Staubwedel!", riefen die Soldaten.

Dann stiegen sie in ihre Panzer und fuhren auf dem schnellsten Weg zum Hofbräuhaus.

Kapitel XIV

Eine Zugfahrt mit Bier und Sauerkraut

David Unruh wandte sich an den Gouverneur: „Sind Sie nun bereit, auf unsere Forderungen einzugehen? Immerhin habe ich Ihren Konkurrenten mit meiner Kastanie beseitigt. Dafür sind Sie mir etwas schuldig, Herr Staubwedel!"
„Na gut. Damit ihr Rebellen mich endlich in Ruhe lasst, werde ich in meiner Provinz die …äh… Studiengebühr …äh…"
Plötzlich blitzte und donnerte es vor der Bahnhofshalle. Unmittelbar darauf öffnete sich ein Dimensionsportal, aus dem Angela Ferkel höchstpersönlich hervortrat, begleitet von einem stämmigen, grauhaarigen Kobold in weißer Uniform.
Beim Anblick der Kanzlerin verstummten die Demonstranten.
Sie warf einen flüchtigen Blick auf die vor ihr liegende Leiche von Günther Speckstein, schaute dann mit herabhängenden Mundwinkeln auf die versammelte Menge und formte die Hände zu einer Raute.
Rammgalf fragte Staubwedel: „Wer ist der Kobold neben ihr?"
„Das ist Kapitän Horst Seehamster. Dieser Kerl ist schon seit Jahren hinter meinem Posten her", antwortete Staubwedel.
Anschließend räusperte er sich, trat einen Schritt vor und sprach: „Frau Ferkel, ich habe mit Ihnen ein Hähnchen zu braten …äh… ein Hühnchen zu rupfen! Wie kommen Sie dazu, mich als *entbehrlich* einzustufen und mein Amt an diesen dusseligen Speckstein zu vergeben?!"
Die Kanzlerin schaute Staubwedel finster an, holte ihren Zauberstab hervor und rief: „Stupidor!"
Daraufhin schoss ein roter Blitzstrahl aus der Spitze heraus, welcher den Gouverneur traf und ihn in die Menge schleuderte.
„Sie hatten die Aufgabe, in Ihrer Provinz für Ordnung zu sorgen, aber Sie haben kläglich versagt, Staubwedel! Darum enthebe ich Sie nun endgültig Ihres Amtes und ernenne Horst Seehamster zum neuen Gouverneur von Bajuwarenland", sprach die Kanzlerin.
Seehamster begann sogleich seine Antrittsrede: „Liebe Mitbürger! Ich versichere Ihnen, dass mir Ihr Glück am Herzen liegt. Ich habe volles Verständnis für Ihre Unzufriedenheit mit der bestehenden Situation,

doch muss ich trotzdem an den Beschlüssen der Reichsregierung festhalten, da diese für das Wohl unseres Landes unbedingt notwendig sind."

Für diese Worte erntete der neue Gouverneur nichts als Buhrufe aus den Reihen der Demonstranten.

„Ich fürchte, wir brauchen schlagkräftigere Argumente, um unsere lieben Mitbürger von der Richtigkeit unserer Politik zu überzeugen", sagte er zur Kanzlerin.

„Das scheint mir auch so", sagte sie und wandte sich dem Dimensionsportal zu.

Sie breitete ihre Arme aus und murmelte eine unverständliche Zauberformel, die bewirkte, dass sich das schwarze Feld nach links und rechts ausdehnte und bald eine beträchtliche Länge erreichte.

Dann rief sie laut und deutlich, „Angetreten, Männer!", woraufhin aus dem Portal einhundert Gewehrschützen in einer geschlossenen Reihe herausmarschierten.

„So, ihr aufsässigen Halbstarken!", sprach sie an die Demonstranten gewandt. „Da ihr euch mit schönen Worten nicht beschwichtigen lasst, muss ich euch eben mit anderen Mitteln zur Räson bringen. Ich gebe euch zehn Sekunden Zeit, das Feld zu räumen. Wer dann noch hier ist, wird erschossen! Zehn, neun, acht…"

Die Demonstranten ließen sofort ihre Plakate fallen und rannten in alle Richtungen davon. Die Gefährten flüchteten in eine Seitenstraße und gelangten durch einen Nebeneingang in die Bahnhofshalle, begleitet von David Unruh und Edmund Staubwedel, der sich vom Schockzauber der Kanzlerin wieder erholt hatte.

„Wissen Sie zufällig, mit welchem Zug wir am schnellsten nach Berlinad-Dur kommen?", fragte Rammgalf den Ex-Gouverneur.

„Natürlich. Der schnellste Zug ist der BSE", antwortete Staubwedel.

„Was bedeutet BSE?", fragte Frohodio neugierig.

„BSE steht für **B**ier- und- **S**auerkraut-**E**xpress. Dabei handelt es sich um einen von …äh… bajuwarischen Ingenieuren entwickelten Hochgeschwindigkeitszug", erzählte Staubwedel.

Rammgalf sprach: „Den nehmen wir. Zeigen Sie uns diesen Superzug!"

Staubwedel führte sie zum letzten Gleis, auf dem eine altmodische Dampflok mit drei angehängten Wagons stand.

„Was? Das soll ein Hochgeschwindigkeitszug sein?", fragte Rammgalf ungläubig.

„Nun, der BSE macht von außen nicht viel her, aber er hat es in sich", erwiderte Staubwedel und stieg ins Führerhäuschen der Dampflok.

„Es ist einen Versuch wert", meinte Rammgalf.

Er und Abrakorn stiegen zu Staubwedel in die Lok.

Billy, Frohodio und Gimply, der Schneeflittchen über der Schulter trug, stiegen in den Erste-Klasse Wagon ein.

Dort setzte Gimply die Elfe an einen Fensterplatz und machte es sich neben ihr gemütlich.

„Ich freue mich schon auf eine romantische Zugfahrt mit dir", sagte er.

Doch Schneeflittchen wandte sich hochnäsig ab und schaute aus dem Fenster.

„Kann ich auch mitkommen?", fragte David Unruh, der noch vor der Eingangstür der Lok stand.

Rammgalf überlegte einen Moment und sagte dann: „Es ist besser, wenn du hier bleibst und dich mit deine Leute wieder einsammelst. Vielleicht brauchen wir später noch eine weitere Demo."

„Okay", sagte David und gab Rammgalf sein Handynummer, der ihm auch seien gab.

Als Rammgalf aufschaute, sah er von weitem einen Trupp Soldaten im Anmarsch.

„Du musst jetzt abhauen und wir müssen losfahren! Ferkels Soldaten suchen uns schon", mahnte Rammgalf.

„Oh Scheiße!", rief David und rannte in Richtung Bahnhofstoilette, um sich dort zu verstecken.

Rammgalf schloss die Tür und Edmund Staubwedel schnappte sich die an einem Nagel hängende Lockführermütze und setzte sie auf.

„Sehe ich das richtig, dass Sie uns nach Berlinad-Dur fahren wollen?", fragte Rammgalf überrascht.

„Das sehen Sie völlig richtig. Ich weiß zwar nicht so genau, was Sie dort vorhaben, aber ich nehme an, dass Sie …äh… die Kanzlerin irgendwie absägen wollen. Und in dieser Sache können Sie mit meiner vollen Unterstützung rechnen", antwortete Staubwedel.

„Nun, das freut mich", sagte Rammgalf. „Wissen Sie zufällig auch, wie man diesen Zug fährt? Mir fällt gerade ein, dass ich davon keine Ahnung habe."

„Keine Sorge! Ich war bei der ersten Probefahrt dabei und habe mir alles ganz genau erklären lassen. Zuerst muss der Kessel mit ...äh... Bier und Sauerkraut gefüllt werden", erklärte Staubwedel.

„Mit Bier und Sauerkraut?", fragte Rammgalf verdutzt.

„Ja, im Wagen hinter uns sind die ...äh... Fässer gelagert", sagte Staubwedel.

Abrakorn ging durch die Durchgangstür in den Lagerwagen und rollte zwei Fässer in die Lok. Auf dem einen Fass stand „Bier" und auf dem anderen „Sauerkraut" geschrieben.

Staubwedel öffnete sie die Kesseltür und Abrakorn schaufelten den Inhalt der Fässer unter Staubwedels Aufsicht hinein.

Als der Kessel ordnungsgemäß gefüllt war, sagte Staubwedel: „Jetzt benötigen wir nur noch etwas ...äh... Chili, damit das Ganze auch gut brennt."

Er öffnete ein Geheimfach und holte eine Handvoll verzauberte Chilibohnen heraus. Diese warf er in den Dampfkessel der Lokomotive, woraufhin der Treibstoff zu brennen begann und die ersten Rauchschwaden aus dem Schlot aufstiegen.

„Jetzt kann s losgehen", sagte Staubwedel.

Er nahm auf dem Lokführersitz Platz und legte einen Hebel um, womit er den Zug in Gang setzte.

„Die bajuwarischen Erfindungen versetzten mich immer wieder in Erstaunen", sagte Rammgalf.

„Ja, wir Bajuwaren sind ...äh... absolute Spitzenklasse!", prahlte Staubwedel.

Als der Zug aus dem Bahnhof hinausrollte, sahen sie vor sich eine Sperre auf den Schienen, vor der Angela Ferkel und Horst Seehamster standen. Links und rechts der Gleise hatten sich Soldaten positioniert und zielten mit ihren Gewehren auf den BSE.

„Sofort anhalten, oder wir machen aus diesem Zug einen Schweizer Käse!", drohte Ferkel durch ein Megafon.

„Oh nein! Wir sind in einen Hinterhalt geraten!", rief Abrakorn.

„Ich hätte wissen müssen, dass uns die Kanzlerin nicht so einfach entkommen lässt", meinte Rammgalf.

„Keine Sorge, der BSE ist …äh… gut gepanzert! Haltet euch fest!",
erwiderte Staubwedel und beschleunigte den Zug.

„Die denken gar nicht daran, anzuhalten. Wir sollten schleunigst von
den Gleisen runter!", warnte Seehamster.
„Wir werden keinen Millimeter zurückweichen! Wo wir stehen, da
stehen wir!", erwiderte Ferkel entschieden. Gleich darauf brüllte sie
ins Megafon: „Feuer frei!"
Die Soldaten schossen auf den Zug, aber die Kugeln prallten an den
gepanzerten Wänden ab – und der Zug fuhr unbeschadet weiter.
„Das reicht! Ich hau ab! Halten Sie doch ohne mich die Stellung!",
meuterte Seehamster und ergriff die Flucht.
„Feigling!", rief ihm die Kanzlerin nach.
Sodann zog sie ihren Zauberstab, zielte auf den Lockführer und
sprach: „Makabrer Kadaver!"
Ein Blitz schoss daraus hervor, prallte jedoch an Panzerglasscheiben
ab.
Der Zug rollte unaufhaltsam auf die Kanzlerin zu und war nur noch
wenige Meter von ihr entfernt. In letzter Sekunde sprang sie zur Seite
und der Zug durchbrach die Schranke.

„Wir haben´s geschafft!", jubelte Rammgalf.
„Nicht ganz. Leider haben wir die …äh… Kanzlerin knapp verfehlt",
erwiderte Staubwedel.
„Aber wenigstens haben wir die Sperre durchbrochen. Jetzt haben wir
freie Fahrt nach Berlinad-Dur", meinte Abrakorn.
„Leider nicht. Schaut mal nach vorn!", rief Rammgalf, der gerade
bemerkt hatte, dass sie auf eine zerstörte Eisenbahnbrücke zurasten.
„Ach! die Brücke hatte ich ganz vergessen. Die wurde im …äh…
Ersten Märchenweltkrieg gesprengt", erzählte Staubwedel.
„Ich sehe kein anderes Gleis, auf das wir ausweichen könnten", sagte
Abrakorn nervös.
„Wir müssen die Notbremse ziehen!", rief Rammgalf.
„So ein Blödsinn! Wir werden die Schlucht einfach überspringen",
entgegnete Staubwedel.
„Sind Sie von allen guten Geistern verlassen?! Wie wollen Sie denn
mit einem Zug über einen Abgrund springen?", fragte Rammgalf
schockiert.

„Das werden Sie gleich sehen, aber Sie sollten sich lieber …äh… hinsetzen", sagte Staubwedel.

Rammgalf und Abrakorn nahmen auf den beiden Sitzen hinter dem Lockführer Platz und Staubwedel betätigte einen Hebel, über dem „Vollrauschgeschwindigkeit" stand.

Daraufhin fuhr links und rechts je ein Raketentriebwerk aus der Unterseite der Lokomotive heraus. Die Raketen zündeten und der Zug beschleunigte so rasant, fuhr über das Ende der Schienen hinaus und flog über die Schlucht hinweg. Auf der anderen Seite setzte er unsanft auf den Gleisen auf, landete aber exakt auf den Schienen und fuhr mit unverminderter Geschwindigkeit weiter.

„Na bitte! Mit diesem Zug …äh… ist so ein Abgrund überhaupt kein Problem", sagte Staubwedel.

„Wirklich beeindruckend", sagte Rammgalf.

Die Passagiere in den Wagons wurden während des Sprung allerdings ordentlich durchgeschüttelt und Gimply klagte: „Das ist ja die reinste Höllenfahrt! Dabei vergeht mir jeder Sinn für Romantik."

Schneeflittchen antwortete darauf: „Den Göttern sei Dank! Dann hörst du jetzt wenigstens auf, an mir herumzufummeln!"

Die Kanzlerin kletterte auf den Bahnsteig und wischte sich den Staub von ihrem Hosenanzug.

„Haben Sie sich verletzt, Frau Ferkel?", fragte Seehamster.

„Nur ein paar Prellungen", erwiderte sie. „Ich werde sofort zurück nach Berlinad-Dur reisen. Diese Rebellen wollen bestimmt zum Kaiser – und dort werden sie mir in die Falle gehen. Sie bleiben hier, Seehamster, und sorgen dafür, dass jede Revolte im Keim erstickt wird!"

„Zu Befehl, Frau Ferkel!", antwortete Seehamster.

Sodann öffnete die Kanzlerin ein magisches Portal und verschwand darin.

Der BSE raste mit Vollrauschgeschwindigkeit quer durch Teutomania, als es auf einmal in Rammgalfs Manteltasche piepte.

„Was war das?", fragte Staubwedel.

„Ich habe eine SMS gekriegt", sagte Rammgalf und holte sein Handy aus der Manteltasche.

Die SMS war von David Unruh, der sich erkundigte, wie es läuft und wie es weitergeht.

Rammgalf schrieb ihm: „Die Zugfahrt ist lustig und wir sind bald in Berlinad-Dur. Dort klären wir alles mit dem Kaiser und reisen dann in die Vergangenheit."

David: „Wieso in die Vergangenheit?"

Rammgalf: „Der Säbel des Kaiser ist dort in einem Piratenhafen."

David: „Wie wär's, wenn wir uns dort treffen und ich meine Leute mitbringe?"

Rammgalf: „Wäre gut, aber wie willst dorthin kommen? Du bist doch kein Zauberer!"

David: „Ein Freund von mir hat einen Raum-Zeit-Teleporter gebaut."

Rammgalf: „Fantastisch! Dann treffen wir uns am Hafen von Tortilla am 23.09.1756."

David: „Geht klar. Bis dann!"

Nach nur einer Stunde erreichte er die Reichshauptstadt und Staubwedel drosselte das Tempo. Als er in den Bahnhof einfuhr, brachte Staubwedel den Zug mit einer so scharfen Bremsung zum Stehen, dass die Funken nur so sprühten.

„Endstation, Berlinad-Dur. Bitte aussteigen!", sprach er.

„Sie haben Ihren Beruf verfehlt, Herr Staubwedel. Sie hätten Lokführer werden sollen", meinte Rammgalf.

„Danke! Das war in meiner Kindheit tatsächlich mal mein …äh… Traumberuf", erwiderte Staubwedel.

Kapitel XV

Der Kaiser und der Landstreicher

Nachdem die Gefährten ausgestiegen waren und sich von Staubwedel verabschiedet hatten, fragte Abrakorn in die Runde: „Wie kommen wir nun am schnellsten zum Kaiserpalast?"

„Nehmen wir doch einfach ein Taxi!", schlug Frohodio vor.

„Wie sollen wir denn da alle reinpassen, vor allem mit der langen Elfe und dem dicken Zwerg?", fragte Rammgalf.

„Ich bin nicht dick! Ich bin nur kräftig gebaut!", entgegnete Gimply.

„Wie wäre 's mit dem Kleinlaster da vorne? Ich könnte das Schloss knacken und den Motor kurzschließen", bot Billy an.

„In Ordnung", sagte Rammgalf und so liefen sie alle zu dem Lieferwagen, der vor der Bahnhofshalle stand.

Billy machte sich sofort an die Arbeit und knackte das Türschloss im Handumdrehen. Wenige Sekunden später hatte er auch den Motor kurzgeschlossen und Rammgalf sagte anerkennend: „Ich bin wirklich erstaunt, dass du nach all den Jahren nichts von deinem alten Handwerk verlernt hast, Billy."

„Nun, ich habe zwischendurch immer mal wieder geübt und meinen Fuhrpark vergrößert", erzählte Billy und setzte sich ans Steuer.

Rammgalf nahm auf dem Beifahrersitz Platz und die anderen stiegen in den leeren Laderaum. Nur Schneeflittchen blieb trotzig stehen.

„Ich steige nicht eher ein, bis ihr mir erklärt habt, was ihr im Kaiserpalast mit mir vorhabt", sagte sie.

Abrakorn klärte sie auf: „Wir wollen dich dem Kaiser zur Frau geben, wenn er mich als Gegenleistung adoptiert und danach offiziell abdankt."

„Ihr wollt mich also verschachern wie eine Ware! Da mache ich nicht mit!", protestierte sie.

„Aber du würdest bei diesem Handel doch den größten Gewinn machen, du Dummchen! Immerhin verfügt der Kaiser über immense Reichtümer. Als seine Gemahlin würdest du in einem Palast leben und rauschende Feste feiern. Du hättest Bedienstete, die du nach Lust und Laune schikanieren könntest und du hättest genug Geld, um dir jeden Tag ein neues Kleid zu kaufen", erklärte Abrakorn.

„Ja, du hast Recht", sagte Schneeflittchen von plötzlicher Einsicht erfüllt.
Sie stieg ein, machte die Tür zu und rief: „Los! Gib Gas, Billy! Mein Bräutigam wartet auf mich!"

Angela Ferkel, die durch ein Portal nach Berlinad-Dur zurückgekehrt war, saß nun im einstigen Jodlerbüro, das nun ihr Büro war, und beobachtete Rammgalf und die anderen durch die Sehende Melone.
„Die Rebellen sind also auf dem Weg zum Kaiser", sagte sie.
„Sollen wir sie aufhalten?", fragte Heinrich Pimmler, der vor dem Schreibtisch stand.
„Nein, sie sollen ruhig bis zum Palast vordringen. Dort werden sie leichter zu fangen sein", sprach sie.
„Und was ist mit dem Säbel des Kaisers?", fragte Pimmler.
„Die Melone hat mir vorhin gezeigt, dass die magische Waffe zu einem Piratenhafen der Vergangenheit gebracht wurde. Also werde ich eine kleine Zeitreise unternehmen. Machen Sie sich nun auf den Weg zum Kaiserpalast und bringen Sie mir den Ring des Jodlers!", befahl Ferkel.
„Mit Vergnügen", sagte Pimmler mit einem leichten Lächeln.
Er salutierte und wandte sich zum Gehen, doch dann sprach Ferkel: „Einen Moment noch, Herr Pimmler! Sie haben doch nicht etwa die Absicht, den Ring an ihren eigenen Finger zu stecken und meinen Platz einzunehmen?"
„Das würde ich niemals wagen. Ich bin Ihr treuer Gefolgsmann, Frau Ferkel", behauptete Pimmler.
„Natürlich. Sie sind mein treuer Gefolgsmann und ich bin die Mutter des Osterhasen", sagte Ferkel sarkastisch.
„Ich weiß genau, was Sie vorhaben, Pimmler, aber ich werde Ihnen Ihre Flausen schon austreiben."
Ehe Pimmler etwas erwidern konnte, stand die Kanzlerin auf, schwang ihren Zauberstab und sprach:

„Den Ring des Jodlers bring zu mir!
  Dann kriegst du eine Flasche Bier."

Sogleich geriet Pimmler unter Ferkels Bann.
„Jawohl, Meisterin", sagte er und ging.

Danach leerte Ferkel eine Tüte Gummibärchen auf dem Schreibtisch aus und beschwor den allwissenden Gott Aharibo. Sie befragte den Gott nach Ort und Zeit ihres Ziels und sogleich erwachten die heiligen Bärchen zum Leben, liefen munter auf dem Schreibtisch herum und legten sich schließlich einer Formation wieder hin, welche die Angaben „Tortilla 23.09.1756" bildete.

Frau Ferkel dankte Aharibo, notierte sich das Datum und verließ das Büro.

Nachdem die Kanzlerin die Tür hinter sich geschlossen hatte, kam der Jodler hinter den neuen Gardinen hervor. Er schnappte sich einen Stift und einen Zettel, um sich die von den Gummibärchen dargestellten Angaben aufzuschreiben.

„Wenn diese alte Hexe glaubt, der Jodler wäre aus dem Rennen, dann hat sie ihre Rechnung ohne meinen Fanklub gemacht", murmelte er und verschwand dann durch eine Geheimtür in der Wand, durch die er auch hereingekommen war.

Rammgalf dirigierte Billy quer durch Berlinad-Dur, bis sie schließlich das Palastgelände erreichten.

Der Palast selbst lag im Zentrum einer mit hohen Eisengittern eingezäunten Parkanlage, deren Tore von Soldaten mit Smily-Armbinde bewacht wurden.

„Wie kommen wir da rein?", fragte Billy.

„Fahr zu dem Wäldchen da vorn! Von dort führt ein geheimer Tunnel in den Palast", erwiderte Rammgalf.

Billy hielt bei dem kleinen Wald an und die Gefährten stiegen aus. Rammgalf lief zu einem Baumstumpf und klappte den Deckel hoch. Darunter verbarg sich eine Leiter, die in einen Tunnel hinabführte.

„Hier geht s lang", sagte der Zauberer.

Er stieg als Erster hinunter und sorgte mit seinem Magierstab für Licht. Die anderen folgten ihm, wobei Gimply einige Mühe hatte, sich durch den Baumstumpf hindurch zu zwängen.

Der Tunnel mündete im Schlosskeller. Von dort aus führte Rammgalf die Gruppe über eine versteckte Wendeltreppe hinauf in den ersten Stock. Sie kamen hinter einem Gemälde hervor und fanden sich in einer Galerie wieder.

„Das kaiserliche Spielzimmer liegt direkt vor uns", sagte der Magier und ging voraus.

Als sie die Tür am Ende des Ganges erreicht hatten, aus der teutomanische Marschmusik tönte, wandte er sich an seine Begleiter und sprach: „Wartet hier draußen! Ich will zunächst allein mit dem Kaiser sprechen. Er ist ein komischer Kauz und sehr misstrauisch gegenüber Fremden."

Er klopfte an und eine schroffe Stimme rief: „Herein, wenn´s kein Ferkel ist!"

Rammgalf öffnete die Tür und trat ein.

Der Kaiser stand in weißer Uniform und mit seinem spitz gezwirbelten Schnurrbart an einem mit Landschaftskarten dekorierten Tisch, auf dem er gerade eine Feldschlacht mit Zinnsoldaten gegen einen älteren Spielkameraden führte. Der Spielkamerad des Kaisers, der eine ähnliche Uniform und einen buschigen, grauen Schnurrbart trug, war der ehemalige Reichskanzler, Fürst Otto von Bissquitte. Beide Kobolde trugen außerdem eine Pickelhaube mit goldenem Adlerbeschlag.

Die Marschmusik kam aus einem Grammophon, das auf einem Ecktisch stand.

Rammgalf verbeugte sich und sprach: „Seid gegrüßt, Eure kaiserliche Majestät! Seid gegrüßt, Eure fürstliche Exzellenz!"

Die beiden Kobolde schauten von ihrem Spieltisch auf und Kaiser Willy beäugte den Besucher durch sein Monokel.

„Rammgalf von Rammelhausen!", rief er überrascht aus.

„Es freut mich, dass Ihr Euch noch an mich erinnert, Majestät", sagte der einstige Hofzauberer.

„Ich erinnere mich auch noch daran, dass ich Euch vor zehn Jahren wegen Trunkenheit beim Zaubern entlassen habe, Meister Rammgalf! In Eurem Zustand hattet Ihr meine Gemahlin statt mit einem Verjüngungszauber mit einem Alterungszauber belegt. Ihr konntet den Zauber nicht mehr rückgängig machen, sodass ich gezwungen war, meine Gemahlin ins Altersheim abzuschieben", erzählte der Kaiser.

„Das war nur ein einmaliger Ausrutscher und es tut mir wirklich leid. Ich habe seitdem nie wieder betrunken gezaubert.

Allerdings bin ich nicht wegen dieser alten Kamellen hier, sondern weil ich Euch jemanden vorstellen möchte", sagte Rammgalf und rief dann nach Abrakorn.

146

Dieser trat ein, verneigte sich und sprach: „Seid gegrüßt, erhabener Kaiser!"

„Was will denn dieser zerlumpte Landstreicher hier?", fragte Kaiser Willy.

„Sein Name ist Abrakorn und er ist ein außergewöhnlich begabter junger Mann, der einen erstklassigen Kaiser abgeben würde. Da Ihr keine Söhne habt, schlage ich vor, dass Ihr ihn adoptiert."

„Was? Ich soll einen dahergelaufenen Landstreicher adoptieren? Ihr seid wohl schon wieder betrunken?!", empörte sich der Kaiser.

„Ich versichere Euch, dass ich völlig nüchtern bin. Und bevor Ihr uns rauswerft, möchte ich Euch noch jemanden vorstellen", sagte Rammgalf und rief Schneeflittchen herein.

Als der Kaiser die schöne Elfe sah, die ihm freundlich zulächelte, wurde er sofort von dem einen Gedanken besessen, von dem die meisten männlichen Wichte beim Anblick schöner Elfen besessen werden.

Noch während der Kaiser die Elfe mit seinen Blicken auszog, sagte Rammgalf salopp: „Wenn Ihr die Adoptionspapiere unterschreibt, gehört Schneeflittchen Euch. Andernfalls nehmen wir sie wieder mit."

„Also gut. Ich unterschreibe", sagte der Kaiser.

Daraufhin holte Abrakorn die Adoptionspapiere aus seiner Jackentasche und der Kaiser setzte seine Unterschrift darunter.

„Ausgezeichnet! Jetzt müsst Ihr nur noch offiziell abdanken und Schneeflittchen ist Eure Braut", erklärte Rammgalf.

„Abdanken? Davon war nie die Rede!", protestierte der Kaiser.

„Diese Gauner wollen dich über den Tisch ziehen, Willy!", warnte Fürst Bissquitte seinen Spielkameraden. „Lass dich bloß nicht darauf ein!"

„Ja, du hast Recht, Otto. Ich werde auf keinen Fall abdanken!", erklärte der Kaiser.

„Aber Willy, gefalle ich dir denn gar nicht?", fragte Schneeflittchen bestürzt.

„Doch, du gefällst mir schon. Aber ich kann doch nicht so einfach auf meinen Thron verzichten!"

„Warum denn nicht? Wenn du die Herrschaft an Abrakorn abgibst, haben wir beide doch viel mehr Zeit füreinander."

„Hm, das ist allerdings wahr."

„Lass dich nicht bezirzen, Willy! Sei standhaft!", forderte Fürst Bissquitte.

„Warum bist du denn so miesepetrig, Otto?", fragte Schneeflittchen. Sie beugte sich zu dem alten Wicht herab und flüsterte ihm ins Ohr: „Wenn du mir hilfst, die Gemahlin des Kaisers zu werden, dann werde ich dich zur Belohnung zu meinem heimlichen Liebhaber machen."

„Wenn ich es recht bedenke, halte ich eine Abdankung durchaus für angemessen", sagte Bissquitte sodann. „Du solltest das Zepter an diesen viel versprechenden jungen Mann weiterreichen und deinen wohlverdienten Lebensabend mit Schneeflittchen genießen, Willy."

Als der Kaiser noch zögerte sagte Rammgalf: „Ihr habt nichts zu verlieren, Majestät, denn Ihr seid ohnehin nur noch auf dem Papier Kaiser. Der Macht wurde längst vom Jodler und danach von Frau Ferkel übernommen. Wenn Ihr an Eurem Titel festhaltet, müsst Ihr Euch mit solchen schurkischen Politikern herumärgern, aber wenn Ihr offiziell abdankt, könnt Ihr euch entspannt an Schneeflittchens Busen lehnen und die Politiker uns überlassen."

„Also gut. Ich bin einverstanden", sagte Kaiser Willy.

„Wunderbar! Damit ist alles geklärt und wir brauchen jetzt nur noch eine Sehende Melone", sagte Rammgalf.

„Wir haben eine im Salon nebenan", sagte Bissquitte.

So begaben sie sich zusammen ins Nebenzimmer. Billy, Frohodio und Gimply gingen ebenfalls mit, wobei der Kaiser keinerlei Notiz von ihnen nahm, da er nur noch Augen für Schneeflittchen hatte.

In dem barocken Salon lag eine Melone auf dem Tisch. Rammgalf ließ sich in einem Sessel nieder und murmelte mehrere Zaubersprüche, mit denen er die Melone mit den öffentlichen Rundfunkanstalten verband, sodass man mit ihr auf allen Kanälen senden konnte. Als er fertig war, sagte er: „Ihr könnt nun Eure Abdankungserklärung offiziell abgeben, Majestät. Wir sind live auf Sendung."

Willy II. beugte sich über die Melone, hielt eine kurze Abschiedsrede und ernannte dann Abrakorn zu seinem legitimen Thronfolger. Als Abrakorn, der nun Kronprinz war, gerade mit seiner ersten Ansprache an das teutomanische Volk beginnen wollte, schwang eine Tür auf und herein kam Heinrich Pimmler mit einer Pistole in der Hand.

„Guten Tag, die Herrschaften! Ich bringe Ihnen einen Gruß von der Kanzlerin", sagte er und zielte auf Abrakorn.

„Nein, tun Sie das nicht!", rief Abrakorn. „Ich gebe Ihnen alles, was Sie wollen."

„Dann geben Sie mir den Ring des Jodlers!", verlangte Pimmler.

„Ich habe ihn nicht. Frohodio hat ihn", sagte Abrakorn.

Daraufhin richtete Pimmler seine Kanone auf Frohodio und forderte: „Her mit dem Ring!"

„Der Ring gehört mir! Er ist mein Schatz!", entgegnete der Halbling energisch und umklammerte die Kette mit dem Schmuckstück, das er bis vor kurzem noch loswerden wollte.

Seine Gefährten waren über Frohodios Reaktion überrascht, doch Pimmler sagte kühl: „Ganz wie du willst

Er wollte schon abdrücken, doch in letzter Sekunde rief Billy: „Nein, warten Sie! Mein Neffe ist nicht ganz bei Sinnen, aber er wird den Ring hergeben."

Er versetzte Frohodio einen Schlag auf den Hinterkopf und riss ihm die Kette vom Hals. Anschließend ging er zu Pimmler und reichte ihm den Ring, doch als dieser danach griff, schlug ihm Billy die Pistole aus der Hand und nahm ihn in den Würgegriff.

„Damit werden Sie niemals durchkommen! Der ganze Palast ist umstellt und die Gänge werden von Patrouillen bewacht", keuchte Pimmler.

„Sie bluffen doch nur!", erwiderte Billy.

„Wir sollten das besser überprüfen", meinte Rammgalf. „Frohodio, schau nach, ob sich in der Galerie, durch die wir gekommen sind, irgendwelche Soldaten befinden!"

Frohodio nickte und öffnete die Tür vorsichtig einen Spalt weit. Er schaute hindurch und erblickte zehn bewaffnete Kobolde, die in der Galerie patrouillierten.

„Der Gang wird tatsächlich bewacht", berichtete er.

Abrakorn schaute aus dem Fenster und sah vor dem Gebäude ein riesiges Aufgebot an Soldaten und Panzern.

„Wir werden belagert", sagte er.

Darauf erwiderte Rammgalf: „Dann gibt es nur noch einen Ausweg. Wir müssen durch ein Weltentor fliehen."

Er hob seinen Stab und beschwor ein Dimensionsportal herbei, das sogleich mit Blitz und Donner in einer Wand des Raumes erschien.

Der alte Kaiser zeigte sich beeindruckt und sprach: „Donnerwetter! Solche Kunststücke hattet Ihr in Eurer Zeit als Hofzauberer noch nicht auf Lager."

„Nun, ich habe mich seitdem weitergebildet. Die Reise kann losgehen", sprach der Zauberer.

Er sprang in das schwarze Tor, gefolgt von Abrakorn, Gimply und Frohodio.

Billy ließ Pimmler los sprang und dann ebenfalls durch das Tor.

Pimmler hob seine Pistole auf und wollte den Ringdieben nachjagen, doch das Portal schloss sich vor seiner Nase.

Kapitel XVI

Mit Vollgas durch den Hyperraum

Auf der anderen Seite des Tores fanden sich die Gefährten auf einer violetten Wolke wieder.

Die Wolke verfügte über eine ausreichende Dichte und Anziehungskraft, dass die Gefährten darauf stehen konnten, doch fühlten sie sich beinahe schwerelos.

Um sie herum war die tiefe Schwärze der Unendlichkeit, die jedoch von weiteren farbig leuchtenden Wolken, sowie von schwebenden Straßenlaternen durchbrochen wurde.

Die Laternen sorgten nicht nur für Licht, sondern markierten auch die Ränder der Flugbahnen, auf denen Fortbewegungsmittel sämtlicher Kulturen entlangdüsten – von Kutschen und antiken Streitwägen, über Autos und Fahrräder, bis hin zu Hexenbesen, fliegenden Teppichen und fliegenden Untertassen.

„Wo sind wir hier?", fragte Frohodio erstaunt.

„Wir sind im Intermundus, auch Hyperraum genannt. Das ist der Ort, der zwischen allen Orten liegt", erklärte Rammgalf.

„Das verstehe ich nicht", sagte Frohodio.

„Denk lieber nicht weiter darüber nach, sonst könnte es passieren, dass dein Gehirn explodiert!", warnte Rammgalf.

„Und wie kommen wir von hier aus nach Tortilla?", fragte Abrakorn.

„Wir bestellen uns einfach ein Taxi", antwortete Rammgalf und zeigte auf die Telefonzelle, die ein Stück weiter auf einer gelben Gaswolke stand.

Der Zauberer machte einen Sprung und schwebte von Wolke zu Wolke. Glücklich gelandet, ging er in das Telefonhäuschen und griff zum Hörer. Die anderen sprangen zu ihm hinüber und warteten vor dem Häuschen.

Nach einer Minute kam Rammgalf heraus und sagte: „Das Taxi ist unterwegs."

Plötzlich erschien Pimmler mit einem Blitz- und Donnerschlag auf der violetten Gaswolke, auf der die Gefährten zuvor gestanden waren.

„Seht! Pimmler ist hier!", rief Abrakorn. „Anscheinend ist er ebenfalls im Stande, Weltentore zu öffnen."
Rammgalf sprach sogleich die magischen Worte:

„Kugelschutz komm schnell herbei,
 sonst gibt es eine Schweinerei!"

Pimmler zog seine Pistole und schoss auf Rammgalf, doch die Kugeln prallten an Rammgalfs magischem Energieschild ab, das ihn und seine Gefährten nun einhüllte.
„Das war knapp! Gut, dass du schneller zauberst als Pimmler schießt", sagte Billy zu Rammgalf.
„Ja, aber wir sind noch nicht außer Gefahr. Im Hyperraum wimmelt es von GEWIPO-Agenten und wenn hier ein GEWIPO-Streife auftaucht und uns auch noch unter Beschuss nimmt, wird es wirklich brenzlig", erwiderte Rammgalf.
„Dein Schild hält also nur eine begrenzte Trefferzahl aus", folgerte Billy.
Rammgalf nickte.
Pimmler schoss weiter und der magische Schutzschirm flackerte bei jedem Treffer auf, doch schließlich ging Pimmler die Munition aus.
Kurze Zeit später kam ein bunt lackierter Trabbi mit Düsenantrieb angeflogen, der einen Lautsprecher und ein Taxischild auf dem Dach hatte.
„Ah, da ist ja unser Taxi!", rief Rammgalf und hob den Schildzauber auf.
Der bunt lackierte Trabbi hielt vor der Gaswolke an und Rammgalf öffnete die Beifahrertür.
Am Steuer saß ein Punker-Kobold, der gerade einen kräftigen Schlug aus einer Bierdose nahm, um seine Fahrgäste sogleich mit einem herzhaften Rülpser zu begrüßen. Unter den Sitzen lagen eine Menge leerer Bierdosen und es roch nicht besonders angenehm.
Dessen ungeachtet stieg Rammgalf ein und sagte: „Guten Tag!"
Der Fahrer erwiderte: „Hey Opa! Wo soll s denn hingehen?"
„Nach Tortilla, und zwar zum 23. September 1756."
„Geht klar", sagte der Fahrer und gab die Daten in seinen Bordcomputer ein.

Abrakorn, Billy und Frohodio zwängten sich auf die Rückbank, wobei Frohodio wegen des üblen Geruchs und der leeren Bierdosen die Nase rümpfte. Für Gimply war kein Platz mehr.

„Wir brauchen ein größeres Taxi", sagte er.

„Und ein saubereres", fügte Frohodio hinzu.

Der Punkwicht ignorierte Frohodio und sagte zu Gimply: „Du kannst dich an einem Außengriff festhalten."

Gimply nahm den Trabbi näher in Augenschein und bemerkte einen zwischen Vorder- und Hintertür angebrachten Haltegriff.

„Na, das kann ja heiter werden!", murrte der Zwerg.

Dennoch packte er den Griff und schon begann der wilde Flug durch den Hyperraum.

Kurz darauf kam ein schwarzer 30er Jahre Mercedes die Flugbahn entlang, der wie das Taxi einen Lautsprecher auf dem Dach hatte.

Pimmler winkte den Wagen zu sich und stieg hinten ein.

Vorne saßen zwei GEWIPO-Agenten, die ziemlich überrascht waren, ihren Chef allein im Intermundus anzutreffen.

„Herr Reichsproduzent, was machen Sie denn hier?", fragte der verblüffte Fahrer.

„Stellen Sie keine blöden Fragen! Verfolgen Sie dieses Taxi!", befahl Pimmler.

„Jawohl", sagte der Fahrer und gab Gas.

„Ihr Typen habt wohl was ausgefressen, hä? Die Scheiß-GEWIPO ist uns auf den Fersen", sprach der Punkwicht, als er den schwarzen Mercedes im Rückspiegel sah.

„Wir sind Rebellen und wollen das Ferkel-Regime stürzen", erzählte Rammgalf.

„Cool! Ich liebe Revolutionen! Ich bin übrigens der Alex", sagte der Punk und drückte das Gaspedal durch.

Der bunte Trabbi brauste durch den Hyperraum und überholte nacheinander einen antiken Streitwagen, eine achtspännige Kutsche, einen roten Ferrari und einen fliegenden Teppich. Doch der schwarze Mercedes ließ sich nicht abhängen und ging zum Angriff über.

„Was ist das?", fragte Abrakorn erschrocken, als auf einmal Musik ertönte, die aus dem Dachlautsprecher des GEWIPO-Mercedes kam. Die Musik war so schlecht, dass sie nicht nur bei den Fahrgästen Übelkeit erregte, sondern auch den Motor des Taxis ins Stottern brachte.

„Sie attackieren uns mit einem Song von Dieter Bodenlos. Aber keine Sorge! Ich starte sofort einen Gegenangriff", sagte der Taxifahrer und schaltete den Kassettenrekorder an.

Gleich darauf schallte aus dem Dachlautsprecher des Trabbis laut dröhnender Punk-Rock und ließ den Mercedes der GEWIPO derart erzittern, dass er in seine Einzelteile zu zerfallen drohte.

Verzweifelt erhöhten die Agenten die Lautstärke ihrer Musik, um den Punk-Rock zu übertönen, doch Alex drehte nun auf Maximum, woraufhin der Mercedes von der Spur abkam. Der Wagen rammte zuerst eine schwebende Straßenlaterne, geriet dann ins Schleudern und stieß dabei mit einer vorbei fliegenden Untertasse zusammen.

Es folgte eine heftige Explosion, die nichts von Pimmler und den Agenten übrig ließ.

Angesichts dieses Feuerwerks brach im Taxi fröhlicher Jubel aus.

„Yeah! Fuck the GEWIPO!", rief Alex.

Billy sagte vergnügt: „Diese Taxifahrt ist fast so schön wie unser Kurzurlaub im Meditationslager. Schade, dass ich keinen Fotoapparat dabeihabe."

Wenig später bog er ab und flog in einen blauen Energiestrudel mit einem schwarzen Loch in der Mitte.

„Von hier aus kommen wir in die Vergangenheit. Ich schalte jetzt auf Autopilot", erklärte er.

Den Fahrgästen wurde etwas mulmig zumute, als sie in völliger Dunkelheit verschwanden, doch einen Augenblick später blitzte und donnerte es, und auf einmal saßen sie nicht mehr in einem Trabbi, sondern auf einem hölzernen Karren, der von einem müden Gaul gezogen wurde. Alex und Rammgalf saßen auf dem Kutschbock, Billy, Frohodio und Abrakorn saßen auf den hinteren Sitzbänken und Gimply saß auf dem Rücken des erschöpften Pferdes.

Abrakorn fragte verblüfft: „Was ist mit unserem Fahrzeug passiert?"

Rammgalf erklärte: „Die kosmischen Gesetze verbieten die Einfuhr moderner Erfindungen in die Vergangenheit. Deshalb werden alle technischen Konstruktionen, die man aus der Zukunft mitnimmt, durch die Quantenmagie des Intermundus in zeitgemäße Modelle umgewandelt."

So fuhren sie mit ihrem Karren über einen Schotterweg am Ufer des Meeres entlang, bis sie die berüchtigte Hafenstadt Tortilla erreichten.

„Wir sind da. Das macht dreihundert Reichsmark", sagte Alex und stoppte den Karren.

„Wir sind noch nicht alle am Ziel. Billy und Frohodio müssen zum Rumpelberg. Dort wird Billy für uns alle bezahlen", sagte Rammgalf.

„Was? Wieso soll ich als Einziger bezahlen?", fragte Billy.

„Weil du erstens als Einziger genug Geld in der Tasche hast, und weil du zweitens als Einziger schon jetzt von unserer gemeinsamen Reise profitiert hast. Ich sage nur Quizgigant", erwiderte Rammgalf.

„Ja, da ist was dran", gab Billy zu und klopfte grinsend auf seine linke Jackentasche, in der er das Säckchen mit Juwelen verstaut hatte.

„Dann viel Glück auf dem Rumpelberg!" wünschte Rammgalf und stieg aus.

Abrakorn stieg ebenfalls aus und Gimply stieg vom Gaul.

„Danke! Und euch viel Glück mit den Piraten!", erwiderte Billy.

Danach fuhr das Taxi zurück in das schwarze Portal, das gleich darauf verschwand.

Kapitel XVII

Piraten, Protestler und Politiker

Auf den Straßen von Tortilla war noch nicht viel los, denn es war gerade erst Mittag. Rammgalf, Gimply und Abrakorn liefen am Hafen entlang und gingen in die erstbeste Spelunke.

Als sie die Kneipe betraten und die darin versammelten Koboldpiraten beim Mittagessen sahen, bekamen sie ebenfalls Hunger und setzten sich an einen freien Ecktisch, von wo aus sie einen guten Ausblick auf die kleine Prügelei in der Mitte des Raumes hatten.

Im Vergleich zu den Zuständen in Shockwarts ging es in der Piratenkneipe jedoch verhältnismäßig ruhig zu.

Nachdem die Kellnerin, eine rothaarige Koboldine mit prallen Brüsten, die Bestellung aufgenommen hatte, fiel Abrakorn eine schmale Tür in der hinteren Wand auf, vor der ein stämmiger Kobold mit grauem Backenbart stand und eine Machete in der Hand hielt.

„Schaut mal darüber! Dieser vollschlanke Herr scheint vor der Tür Wache zu halten. Da stellt sich mir die Frage, was sich wohl dahinter verbirgt", sagte Abrakorn.

„Das sollten wir herausfinden", meinte Rammgalf und stand auf.

Er ging auf den Piratenwicht zu und sprach ihn an: „Ahoi, Matrose! Hast du Lust, eine Buttel voll Rum mit uns zu trinken?"

Der Pirat antwortete: „Ich würde ja gern, aber mein Captain hat mir befohlen, hier Wache zu halten. Übrigens bin ich kein einfacher Matrose, sondern Steuermann. Es bringt Unglück, einen Steuermann als Matrosen zu bezeichnen."

„Ich bitte um Verzeihung, Herr Steuermann! Aber in diesem Falls seid Ihr für so eine simple Tätigkeit wie Wache stehen doch eigentlich überqualifiziert", sagte Rammgalf darauf.

„Ja schon, aber ich bin der einzig zuverlässige Mann in unserer Crew", erwiderte der Pirat.

„Ich bin auch ein zuverlässiger Mann. Was haltet Ihr davon, wenn ich Euch kurz vertrete und Ihr inzwischen mit meinen Kameraden auf meine Gesundheit anstoßt?", schlug Rammgalf vor und deutete auf den Ecktisch.

„Das ist ein guter Vorschlag", sagte der Pirat.

Er drückte Rammgalf seine Machete in die Hand und setzte sich zu Gimply und Abrakorn an den Tisch.

Rammgalf trat die Tür ein und stürmte mit der Machete in der rechten und seinem Stab in der linken Hand in das Hinterzimmer.
Dort saß das diebische Heinzelmännchen namens Löwenzahn an einem Tisch, auf dem der kaiserliche Säbel lag, zusammen mit einem Kobold, der sehr nach einem Piratenkapitän aussah.
Er trug einen schwarzen Mantel und einen dreieckigen Hut, hatte lange schwarze Haare und einen zu Zöpfen geflochtenen Bart.
Beide schauten erschrocken zu Rammgalf auf und der Pirat sprach ärgerlich: „Ich muss doch sehr bitten, Sir! Wir sind hier mitten in einer Geschäftsbesprechung und möchten nicht gestört werden!"
„Bitte entschuldigt mein unerlaubtes Eindringen, meine Herren! Aber ich beabsichtige, den Gegenstand dieser Verhandlungen an mich zu nehmen", erklärte Rammgalf.
„Nur über meine Leiche!", erwiderte das Heinzelmännchen, griff den Säbel und richtete die Klinge auf Rammgalf.
Dieser holte mit der Machete aus und eröffnete das Gefecht mit einem Schlag von oben, den Löwenzahn parierte.
Der Pirat trat ein paar Schritte zurück und beobachtete das Duell der Kontrahenten, die sich beide als überaus geschickte Fechter erwiesen.
Der Kampf zog sich in die Länge, bis Rammgalf die Geduld verlor und seinen Gegner mit seinem Magier-Stab auf den Kopf schlug, sodass dieser zusammenbrach.
„Das war kein fairer Kampf, Sir. Ihr kämpft mit unlauteren Mitteln", bemerkte der Pirat.
„Habt Ihr etwas dagegen, mein Herr?", fragte Rammgalf.
„Keineswegs. Ich weiß unlautere Mittel sehr zu schätzen und würde Euch gern in meine Crew aufnehmen", erwiderte der Pirat.
„Euer Angebot ehrt mich, aber ich bin nur auf der Durchreise", sagte Rammgalf und tauschte die Machete gegen den kaiserlichen Säbel.
„Nicht so hastig, Sir! Wir haben uns einander noch gar nicht vorgestellt. Ich bin Captain Jack Spanking", sprach der Pirat und zog den Hut.
„Ich bin Rammgalf von Rammelhausen", stellte sich Rammgalf vor.
„Es ist mir eine Ehre, Eure Bekanntschaft zu machen, Herr von Rammelhausen. Ich hatte gerade vor, diese schnuckelige Waffe von

Mister Löwenzahn zu kaufen und würde sie nun gern von Euch zu einem guten Preis erwerben."

„Ich bedaure, aber das ist ein unverkäufliches Einzelstück", erwiderte Rammgalf und ging zurück in den Gastraum, wo seine Gefährten nun gemeinsam mit dem backenbärtigen Steuermann Rum tranken.

„Ich habe den Säbel", verkündete Rammgalf stolz.

„Großartig!", rief Abrakorn und sprang auf, um die kaiserliche Waffe in Empfang zu nehmen.

Als Captain Spanking seinen Steuermann beim Saufen sah, rief er empört: „Mister Flipps! Habe ich Euch nicht befohlen, Wache zu halten?!"

„Verzeihung, Captain, aber dieser Herr hat mich eingeladen, auf seine Gesundheit zu trinken", erzählte der Pirat und zeigte auf Rammgalf.

Rammgalf sprach zu seinen Gefährten: „Lasst uns aufbrechen!"

„Aber wir haben doch noch gar nichts gegessen!", wandte Gimply ein.

„Dafür haben wir keine Zeit. Die Kanzlerin ist wahrscheinlich schon auf dem Weg hierher", erwiderte Rammgalf.

„Sagtet Ihr gerade etwas von einer Kanzlerin?", fragte Captain Jack Spanking.

„In der Tat. Die Kanzlerin unseres Heimatlandes hat großes Interesse an diesem Säbel und wird vermutlich bald zusammen mit anderen Politikern hier eintreffen."

„Interessant! Eine Frau als Kanzler ist sehr ungewöhnlich. Besteht die Möglichkeit, dass sich unter ihren Kollegen auch ein homosexueller Politiker befindet?"

„Das könnte schon sein. Warum fragt Ihr?"

„Weil ich die Unterstützung eines schwulen Politikers brauche, um meine Mannschaft von einem Fluch zu befreien.

Ihr müsst nämlich wissen, dass meine Männer von einer Fee verhext wurden, weil sie die Fee beim Nacktbaden beobachtet hatten. Als wir daraufhin das heilige Gummibärchen-Orakel befragten, wie wir diesen Fluch loswerden können, teilten uns die freundlichen Bärchen mit, dass wir dazu einen homosexuellen Delegierten benötigen."

„Wenn das so ist, schlage ich Euch ein Bündnis vor: Ihr nehmt uns mit auf Euer Schiff und kämpft mit uns gegen die Kanzlerin, und dafür überlassen wir euch sämtliche Politiker, die ihr haben wollt."

„Abgemacht", sagte Jack Spanking und schüttelte dem Zauberer die Hand.

„Sind das hier Eure Leute?", fragte Rammgalf.

„Nein, außer Mister Flipps gehört hier niemand zu mir. Meine Leute sind alle drüben in der Schwulenbar", antwortete Jack.

„Ah, ich verstehe! Diese Fee hat Euch und Eure Leute also in Homosexuelle verwandelt", folgerte Rammgalf.

„Nicht ganz. Mister Flipps hielt sich von der Fee fern, da er fürchtete, es würde Unglück bringen, eine Fee beim Nacktbaden zu beobachten. Was mich betrifft, so befand ich mich derzeit auf einer einsamen Insel fernab des Feenzaubers. Außerdem war ich schon immer bisexuell", erzählte Jack.

„Warum betrachtet Ihr die Verzauberung Eurer Männer dann als einen Fluch? Für einen bisexuellen Kapitän ist es doch ein Segen, eine schwule Mannschaft zu haben", meinte Rammgalf.

„Ja und nein. Die Sache bringt mir zwar private Vorteile, aber auch geschäftliche Nachteile. Wir haben einen erheblichen Umsatzeinbruch erlitten", erzählte Jack.

„Wieso das denn?", fragte Rammgalf.

„Nun, diese Fee hat sich bei der Verzauberung meiner Männer sehr stark an den gängigen Schwulenklischees orientiert – und erkennbar schwule Piraten werden einfach nicht ernst genommen", erklärte Jack.

Nachdem Jack, Rammgalf und die anderen gemeinsam die Spelunke verlassen hatten, entsandte Jack seinen Steuermann in die Schwulenbar nebenan, um seine Mannschaft zu holen.

Rammgalf betrachtete die im Hafen vor Anker liegenden Schiffe und sagte zu Jack: „Ich nehme an, Euer Schiff ist das mit den pinkfarbenen Segeln."

„Gut erkannt. Ursprünglich waren die Segel einmal schwarz, aber nach ihrer Verzauberung bestanden meine Männer darauf, die Segel pink zu streichen und das Schiff in *Pink Pearl* umzutaufen. Ich war zwar entschieden dagegen, aber ich wollte nicht schon wieder eine Meuterei riskieren, also gab widerstrebend nach", erzählte Jack.

In diesem Augenblick kam Flipps mit den anderen Crewmitgliedern aus der Schwulenbar. Die Kobolde trugen extravagante Gewänder, manche von ihnen sogar Frauenkleider, und jeder von ihnen hielt statt einer Flasche Rum, ein Glas Prosecco in der Hand. Vergnügt und leicht beschwipst tänzelten sie schmusend und Händchen haltend zu ihrem Captain.

Jack verdrehte die Augen und Rammgalf sagte: „Nun verstehe ich, warum ihr im Piratengeschäft einen Umsatzeinbruch erlitten habt."

Auf einmal erschien mit Blitz und Donner ein großes Dimensionsportal und heraus marschierte David Unruh, gefolgt von seinen Kommilitonen. Nach den Studenten kamen die Gymnasiasten und schließlich all jene Kobolde, die mit der Gesamtsituation unzufrieden waren, darunter auch ein Cowboy und ein Indianer.
„Was ist das für ein Aufmarsch?", fragte Jack erstaunt.
„Das sind unsere Verbündeten", antwortete Rammgalf.
David lief auf Rammgalf zu und rief: „Hallo, Herr von Rammelhausen! Ich habe so viele Demonstranten mitgebracht, wie ich auftreiben konnte."
„Ausgezeichnet, David! Du kommst genau zur rechten Zeit. Darf ich dir Captain Jack Spanking vorstellen? Captain Spanking, das ist der Studentenaufrührer David Unruh."
„Hey Captain! Voll krass, mal einen echten Piraten kennenzulernen", sagte David.
„Seid gegrüßt, Mister Unruh!", erwiderte Jack und schüttelte David die Hand.
Auf einmal vernahmen Rammgalf, Abrakorn und Gimply eine ihnen vertraute Stimme, die „Hallo Freunde!" rief.
Sie schauten sich um und erblickten den Elfenprinzen Legohas, der aus der Menge der Kobolde herausragte und sich einen Weg zu seinen Gefährten bahnte.
Als der Elf vor ihm stand, fuhr Gimply ihn an: „Was machst du denn hier, du feiger Strumpfhosenpisser?! Ich dachte, du verkriechst dich bei Elbomb, bis die Gefahr vorbei ist!"
„Ich habe mich entschlossen, die entscheidende Schlacht aus nächster Nähe zu beobachten, um mich zu einem Heldenlied inspirieren zu lassen", erzählte Legohas.
„Haha! Das ich nicht lache! Du wirst von der Schlacht doch gar nichts mitkriegen, weil du schon beim ersten Kanonenschuss in Ohnmacht fallen wirst", höhnte Gimply.
„Ganz gewiss nicht! Areswind war so freundlich, mir zur Beruhigung der Nerven einen extra starken Baldriantee zu kochen und mir zudem noch ein paar magische Mutkekse zu backen. Ich bin nun für jedes Abenteuer gewappnet", erklärte Legohas.

„Das freut mich zu hören", sagte Rammgalf und machte Legohas mit David Unruh und Jack Spanking bekannt.

Anschließend sagte Jack: „Wir haben allerdings das Problem, dass mein Schiff nicht genügend Platz für alle Rebellen bietet."

„Das macht nichts", meinte Rammgalf. „Daneben liegen ja noch zwei andere Schiffe vor Anker, die wir einfach kapern können."

„Aber wer soll sie steuern? Ich sehe keinen Captain unter euch", wandte Jack ein.

Darauf sagte David: „Ich traue mir zu, ein Schiff zu kommandieren. Immerhin habe ich schon eine Menge Piratenfilme gesehen."

„Ich ebenfalls und ich bin außerdem schon einmal Tretboot gefahren", verkündete Abrakorn.

„Das muss als Qualifikation ausreichen", urteilte Rammgalf. „David, du übernimmst mit den Schülern und Studenten das linke Schiff! Abrakorn, du übernimmst mit Gimply und den übrigen Rebellen das rechte Schiff! Ich gehe mit Captain Spanking an Bord der Pink Pearl."

Bald darauf hatten Piraten und Protestler die Schiffe bemannt und die Anker gelichtet.

Mister Flipps stand am Ruder der Pink Pearl. Captain Spanking stand mit Rammgalf daneben und spähte durch sein Fernrohr nach dem Feind.

Plötzlich ließ ein heftiger Blitz- und Donnerschlag die Gefährten zusammenzucken. Als Jack erneut durch sein Fernrohr schaute, entdeckte er ein großes, schwarzes Tor auf dem Meer, aus dem ein Schiff mit schwarzen Segeln kam. An seinem Hauptmast hing eine schwarze Flagge, auf der mit weißen Buchstaben „TDU" geschrieben stand. Darauf folgte ein Schiff mit roten Segeln und roter Flagge, auf der „SPT" stand. Als drittes kam ein weiteres mit schwarzen Segeln, das die Aufschrift „BSU" auf seiner Flagge trug. Auf dieses folgte ein Schiff mit gelben Segeln und der Aufschrift „FTP" auf der Flagge. Danach schloss sich das magische Tor.

„Da kommen vier Schiffe mit verschiedenfarbigen Segeln auf uns zu. Dies könnten Eure Politiker sein", sagte Jack und reichte Rammgalf das Fernrohr.

Der Zauberer schaute hindurch und bestätigte: „Ja, das sind sie alle zusammen."

Daraufhin rief Jack: „Männer, hisst unsere Flagge!"

Gehorsam zogen zwei Piraten eine Flagge den Hauptmast hoch, die zwar den piratentypischen weißen Totenkopf mit gekreuzten Knochen zeigte, jedoch nicht auf einem schwarzen, sondern auf einem in allen Regenbogenfarben gestreiften Hintergrund.

In der Kapitänskajüte der TDU stand Karl-Theodor zu Putenzwerg vor einem Kopiergerät, als unverhofft die Kanzlerin hereinkam und rief: „Kapitän zu Putenzwerg! Gehen Sie sofort auf die Brücke und übernehmen Sie das Ruder! Wir haben die Bucht von Tortilla erreicht und der Feind wartet schon auf uns."
„Ja, gleich. Ich muss nur noch ein paar Texte für meine Doktorarbeit kopieren", erwiderte Putenzwerg.
„Sie kopieren Texte für Ihre Doktorarbeit? Wissen Sie denn nicht, dass so etwas illegal ist?! Raubkopierer sind Verbrecher!", ermahnte ihn die Kanzlerin mit erhobenem Zeigefinger.
„Und wenn schon! Kopieren geht über Studieren!" konterte Putenzwerg und setzte seine Arbeit fort.
Ferkel schüttelte den Kopf.
Nachdem der fleißige Minister zwei Minuten später seine Dissertation vollendet hatte, ging er zu einer kleinen Kommode, über der ein Spiegel hing, und schmierte sich Gel in die Haare.
Die Kanzlerin seufzte: „Wie lange dauert das denn noch?! Sie sollten doch schon längst am Ruder stehen!"
„Bin schon fertig", sagte Putenzwerg und machte sich dann endlich auf den Weg zur Brücke.
Frau Ferkel wollte ihm folgen, doch konnte sie der Versuchung nicht widerstehen, einen Blick in den Spiegel zu werfen, denn sie hielt sich selbst für eine Schönheit. Zwar bildete sie mit dieser Meinung nur eine Minderheit im Reichstag, doch beharrte sie auf ihrem Standpunkt.
Vergnügt sang sie vorm Spiegel:

„Ich hab die Haare schön!
Ich hab die Haare schön!
Ich hab, ich hab die Haare schön!"

Kapitel XVIII

Der Wicht im Rumpelberg

Das Hyperraum-Taxi war inzwischen in die Gegenwart zurückgekehrt und hatte die Donnerinsel erreicht.

„Wir sind da", meldete Alex und hielt am Fuße des Rumpelberges an.

„Gut, du kannst uns hier in einer Stunde wieder abholen. Wir werfen nur schnell den Jodlerring in den Rumpelberg und fahren dann mit dir zurück nach Tortilla", sagte Billy.

„Geht klar", sagte Alex.

Billy und Frohodio machten sich gemeinsam auf, den Rumpelberg zu erklimmen. Dieser war ein aktiver Vulkan, der im Zentrum der kleinen Insel emporragte.

Der Weg zum Krater war schmal und steil und die Mittagssonne schien brennend heiß. Es gab keinen Schatten, denn der Rumpelberg bestand nur aus nacktem Fels. Aus seinem Krater stieg ununterbrochen schwarzer Rauch empor und hin und wieder gab der Vulkan ein leichtes Rumpeln von sich.

„Der Rumpelberg macht seinem Namen alle Ehre", bemerkte Billy.

„Hoffentlich bricht er nicht aus", sagte Frohodio.

Sie beschleunigten ihre Schritte, doch der beschwerliche Aufstieg und die sengende Sonne zehrten erheblich an ihren Kräften.

Nach einer Weile stießen sie auf den Eingang einer Höhle, vor dem sie schweißnass und erschöpft stehen blieben.

„Lass uns in die Höhle gehen und dort verschnaufen!", sprach Billy.

„Gern", sagte Frohodio und so gingen sie hinein.

Der Höhle war sehr groß und es war darin angenehm kühl.

Nachdem die beiden Wanderer wieder zu Atem gekommen waren, beschloss Billy, die Höhle zu erforschen, um vielleicht einen zum Schlot des Vulkans führenden Tunnel zu finden und sich so den Aufstieg zum Krater zu ersparen. Er holte eine Taschenlampe aus seinem Rucksack und ging, gefolgt von Frohodio, tiefer in die Höhle.

Der lange Höhlengang endete vor einem See im Berg, mit dessen klarem Wasser die beiden Wanderer ihren Durst stillten.

Doch auf einmal vernahmen sie einen unmelodischen, krächzenden Singsang.

„Was ist das für ein grässlicher Gesang?", fragte Frohodio leise.

„Keine Ahnung, aber wenn das so weiter geht, schalte ich mein Hörgerät ab", erwiderte Billy.

Frohodio schaute sich um und entdeckte am hinteren Seeufer eine schwach erleuchtete Öffnung im Fels.

„Sieh mal, Onkel! Da hinten brennt Licht!", rief Frohodio flüsternd.

„Wahrscheinlich haust dort das Rumpelstilzchen, das wohl auch für diesem schiefen Gesang verantwortlich ist. Ich finde, wir sollten ihm einen Besuch abstatten", sagte Billy.

„Willst du ihm Gesangsunterricht geben?", fragte Frohodio.

„Nein, ich will ihn nach dem Weg fragen", antwortete Billy.

„Aber das Rumpelstilzchen ist gefährlich. Wir sollten uns lieber von ihm fernhalten", wandte Frohodio ein.

Doch Billy winkte ab und entgegnete: „In diesem Berg lauern gewiss größere Gefahren, als so ein kleines Rumpelstilzchen."

So gingen sie den schmalen Pfad am Seeufer entlang zu der kleinen Seitenhöhle und traten ein. Darin brannte ein Lagerfeuer und um das Feuer herum hüpfte ein hässlicher, zerlumpter Kobold, der dabei immer wieder sang:

„Ach wie gut, dass niemand weiß,
  dass ich in echt Ernst August heiß!"

„Hallo Ernst August!", grüßte Billy.

Der schmutzige Wicht fuhr erschrocken herum und fauchte: „Woher kennst du meinen Namen? Niemand darf meinen Namen kennen! Ich bin das Rumpelstilzchen!"

„Du hast gerade selbst gesagt, dass du in echt Ernst August heißt", erwiderte Billy.

„Nein, das habe ich nicht gesagt!", behauptete das Rumpelstilzchen.

„Doch, das hast du gesagt!", widersprach Billy.

Daraufhin stieß das Rumpelstilzchen einen wilden Kriegsschrei aus, stürmte auf Billy los und riss ihn zu Boden.

Frohodio stand perplex daneben, während Billy mit dem Rumpelstilzchen rang. Der Kampf dauerte an, doch gewann Billy, da er die besseren Kniffe kannte, schließlich die Oberhand und rang das

Rumpelstilzchen nieder. Er nahm den unter ihm liegenden Wicht in den Würgegriff und fragte: „Gibst du jetzt endlich zu, dass du Ernst August heißt?"

„Ja, ich gebe es zu", keuchte der Wicht.

Billy ließ ihn los und fragte weiter: „Warum wolltest du nicht, dass ich deinen Namen kenne?"

„Weil ich jetzt das Rumpelstilzchen bin und nicht mehr daran erinnert werden will, wer ich vorher war."

„Wer warst du denn vorher?"

„Ich war Prinz Ernst August von Hohenpullern, der Neffe des Teutomanischen Kaisers. Aber ich wurde schon vor vielen Jahren von meinem Onkel auf diese Insel hier verbannt, weil ich ständig Leute verprügelt und überall hingepinkelt habe. Mein Onkel meinte, so etwas gehöre sich nicht für einen Prinzen. Deshalb ließ er mich verhaften und auf dieser Insel aussetzten. Als wenn das nicht schon schlimm genug gewesen wäre, kam ein paar Jahre später dann auch noch dieser verrückte Jodler hier an, der am Schlot des Vulkans einen Zauberring schmiedete und mir mit seinem ständigen Gejodel auf die Nerven ging", erzählte der Wicht.

„Interessant. Wo genau hat der Jodler den Ring geschmiedet", fragte Billy.

„An einem Felsvorsprung am Schlot des Vulkans", antwortete Ernst August.

„Kannst du uns dorthin führen?", fragte Billy.

„Das könnte ich. Aber was wollt ihr denn dort?", erwiderte Ernst August.

„Wir wollen dort Sondermüll entsorgen", erzählte Billy.

Ernst August grinste und sagte darauf: „So, so. Sondermüll entsorgen. Hehe! Na gut. Dann folgt mir!"

Kapitel XIX

Die Seeschlacht von Tortilla

Admiral Franz-Walter Schweinmeier steuerte die SPT mit voller Fahrt in die Bucht und ließ die anderen Schiffe hinter sich.

Kapitän Kurt Speck fragte kritisch: „Verehrter Admiral, halten Sie es für klug, mit dieser Geschwindigkeit in die Bucht zu fahren? Wollen Sie nicht doch lieber mir das Steuer überlassen?"

„Auf keinen Fall! Jetzt bin ich endlich mal dran!", erwiderte Admiral Schweinmeier.

„Dann sollten Sie aber wenigstens etwas langsamer fahren, Herr Admiral! Wir kennen diese Gewässer nicht und könnten auf ein Riff laufen" mahnte Kapitän Speck.

„Unsinn! Diese Bucht wird täglich von zahlreichen Piratenschiffen befahren. Hier gibt es ganz sicher keine Riffe", entgegnete Schweinmeier.

Einen Augenblick später krachte es und die SPT stoppte mit einem so heftigen Ruck, dass der Admiral auf die Planken fiel. Nachdem er unverletzt wieder aufgestanden war, fragte er irritiert: „Was war denn das?!"

„Wir sind auf ein Riff gelaufen", antwortete Speck.

„Verdammt!", fluchte Schweinmeier.

Als die Kanzlerin auf der Brücke der TDU ankam, wunderte sie sich, dass sämtliche Matrosen an Deck gaffend an der Reling standen.

„Was gibt's denn da zu sehen?", fragte sie.

„Die SPT ist auf ein Riff gelaufen", antwortete Kapitän Putenzwerg.

„Das darf doch nicht wahr sein!", schimpfte die Kanzlerin und schaute kopfschüttelnd zur SPT hinüber.

Sie schnappte sich ein Megafon und brüllte: „Schweinmeier, Sie sind eine Schande für die teutomanische Marine! Sie sind gefeuert!"

Anschließend rief sie in Richtung FTP: „Kapitän Lästerquelle! Ich befördere Sie hiermit zum Admiral und ernenne Sie zu meinem neuen Koalitionspartner."

„Danke, Frau Ferkel!", rief Lästerquelle glücklich zurück.

Als die FTP an der SPT vorbeifuhr, grinste Lästerquelle seinen aufgelaufenen Rivalen hämisch an und spottete: „Sie haben wohl heute kein Schwein gehabt, Herr Schweinmeier."
„Dieser arrogante Emporkömmling!", schimpfte Schweinmeier. Anschließend stieg er eilig in ein Rettungsboot, kurz bevor die SPT versank.

Die Kanzlerin schaute mit ihrem Fernglas auf die am Hauptmast der Pink Pearl wehende Regenbogenflagge mit Totenkopf. Danach nahm sie die beiden anderen Schiffe, von denen die Pink Pearl flankiert wurde, in Augenschein und stellte fest, dass diese statt Flaggen Plakate mit der Aufschrift „Scheiß-Ferkelpolitik!" gehisst hatten.
„Offenbar haben wir es hier mit einer Allianz aus schwulen Piraten und unzufriedenen Bürgern zu tun", sagte sie.
Sodann nahm sie ein Megafon und sprach: „Hört mich an, Piraten! Ich bin Angela Ferkel, die Kanzlerin des Teutomanischen Reiches und ich gebe euch den guten Rat, sofort abzudrehen und euch von dieser unverschämten Rebellion zu distanzieren."
Jack rief ihr zur Antwort zu: „Ich bin Captain Jack Spanking und ich muss Euren guten Rat leider ablehnen, Madam."
Darauf entgegnete Ferkel: „Wenn ihr Piraten glaubt, ihr könntet es mit uns Abgeordneten aufnehmen, weil ihr üble Schurken seid, dann habt ihr keine Ahnung, was *wir* für üble Schurken sind.
Ihr Seeräuber plündert vielleicht das ein oder andere Handelsschiff, doch wir Politiker plündern ein ganzes Land. Wir sind ganz eindeutig die schlimmeren Halunken, weshalb ihr euch lieber nicht mit uns anlegen solltet."
Die Piraten waren verunsichert und Flipps sagte: „Sie hat Recht, Jack. Wir sind nicht einmal halb so böse wie diese Politiker. Vielleicht sollten wir uns wirklich besser zurückziehen, bevor die uns fertig machen."
Doch Jack Spanking entgegnete: „Kapitulation kommt nicht in Frage. Wir müssen unsere Piratenehre verteidigen. An die Kanonen, Männer! Wir werden diesen aufgeblasenen Delegierten zeigen, dass *wir* die schlimmsten Schurken der *Sieben Märchenweltmeere* sind!"
Die Piraten machten die Pink Pearl gefechtsklar und Jack übernahm das Ruder.
Rammgalf leite sich Jacks Fernrohr und entdeckte Guido Lästerquelle.

„Captain Spanking, da ist ein schwuler Politiker in Sicht", sagte er.
„Tatsächlich? Wo ist er?", fragte Jack aufgeregt und riss Rammgalf das Fernrohr aus der Hand.
„Er steht am Steuer der FTP. Sein Name ist Guido Lästerquelle und er hat sich erst letztes Jahr offiziell geoutet", antwortete Rammgalf.
Nachdem er Guido Lästerquelle gesichtet hatte, rief Jack erfreut: „Das Glück ist uns gewogen, Männer! Die FTP wird von einem Homosexuellen kommandiert. Klarmachen zum Entern!"

Der FTP-Fähnrich Philipp Rosine stand neben Admiral Lästerquelle auf der Brücke.
„Herr Admiral, das Piratenschiff mit den rosa Segeln kommt direkt auf uns zu. Sollen wir das Feuer eröffnen?", fragte er.
„Auf keinen Fall! Mir gefällt dieses Schiff – vor allem die rosa Segel. Ich möchte nicht, dass es beschädigt wird", erwiderte Lästerquelle.
„Aber die Piraten wollen uns entern!", entgegnete der Fähnrich.
„Wahrscheinlich wollen sie nur zum Kaffeetrinken vorbeikommen. Kochen Sie sofort zwei Tassen Kaffee und bringen Sie sie zusammen mit unserem besten Kuchen in meine Kajüte!", befahl Lästerquelle.
„Jawohl, Herr Admiral!", antwortete Fähnrich Rosine und rannte in die Kombüse.

Wenig später warfen die Piraten ihre Enterhaken aus und zogen die FTP an die Pink Pearl heran. Dann klappten sie die Enterbrücke aus und Jack spazierte mit einem Blumenstrauß in der Hand hinüber.
Er ging sofort zu Admiral Lästerquelle, überreichte ihm die Blumen und sprach: „Seid gegrüßt, Verehrtester! Bitte erlaubt, dass ich mich vorstelle: Ich bin Captain Jack Spanking."
Der FTP-Kommandant ließ das Ruder los, nahm die Blumen entgegen und erwiderte: „Vielen Dank, Herr Kapitän! Ich bin Admiral Guido Lästerquelle und freue mich sehr, Sie kennenzulernen. Darf ich Sie zu Kaffee und Kuchen einladen?"
„Mit dem größten Vergnügen, Admiral Lästerquelle. Eine Einladung von einem so hinreißenden Gentleman wie Euch würde ich niemals ausschlagen", sagte Jack.
„Sie sind ein Charmeur, Captain Spanking", sagte Guido und kicherte.
Anschließend reichte er dem Piraten die Hand, um ihn zu seiner Kajüte zu führen.

170

Angela Ferkel, die mit ihrem Fernglas das Treiben auf der FTP beobachtete, rief schockiert: „Das darf doch nicht wahr sein! Dieser verfluchte Pirat hat mir doch tatsächlich meinen Koalitionspartner ausgespannt!"

Abrakorn, der am Ruder eines der beiden gekaperten Schiffe stand, nahm Kurs auf die TDU und rief: „Klarmachen zum Entern!".
Er zog den Säbel des Kaiserkobolds, reckte die Klinge in die Höhe und konzentrierte sich darauf, die Kräfte der magischen Waffe zu aktivieren. Sogleich leuchtete die Klinge blau auf und Abrakorn fühlte die Kraft, die von der magischen Waffe in seinen Körper strömte.
Er war bereit für das finale Duell mit der Kanzlerin, doch dann feuerte die TDU eine volle Breitseite auf Abrakorns Schiff. Eine Kanonenkugel traf die von Abrakorn emporgehaltene Säbelklinge und riss ihm die Waffe aus der Hand.
„Aua!", schrie Abrakorn, dem nun die Hand wehtat.
Als er sich nach seinem Säbel umschaute, sah er, dass die Klinge zerbrochen war.
„Oh nein! Bei allen Göttern!", rief er entsetzt.
Dann fing er an zu weinen.
Gimply nahm ihn tröstend in den Arm und sagte: „Das wird schon wieder. Ich habe einen Vetter, der deinen Säbel reparieren kann."
„Ist dein Vetter ein meisterhafter Waffenschmied?", fragte Abrakorn hoffnungsvoll.
„Äh… nicht ganz. Er ist ein stümperhafter Kesselflicker", antwortete Gimply.
„Oh weh!", klagte Abrakorn und brach erneut in Tränen aus.
Eine weitere Kanonenkugel, die knapp neben Abrakorn einschlug, riss ihn aus seiner Melancholie.
Er ging zurück ans Ruder, brachte das Schiff auf Gefechtsstellung und befahl: „An die Kanonen Männer!"

Indessen steuerte David Unruhe sein mit Schülern und Studenten bemanntes Schiff auf die BSU zu und rief: „Macht euch kampfbereit, Leute! Wir werden die BSU entern!"
Die Mannschaft stimmte mit lautstarkem Grölen zu.

Als sie nah genug waren, warfen sie die Enterhaken aus und überfielen mit Säbeln und Entermessern, die sie zuvor in der Waffenkammer ihres gekaperten Schiffes gefunden hatten, die BSU.

Die Besatzung der BSU war ähnlich bewaffnet und so kam es zum Gefecht zwischen Studenten und Politikern.

David Unruh ging geradewegs auf die Brücke und forderte Kapitän Seehamster heraus: „Ergeben Sie sich, Seehamster, und erfüllen Sie unsere politischen Forderungen, oder Sie sind ein toter Wicht!"

„Ha! Das ich nicht lache! Sie glauben doch nicht wirklich, dass ein politisches Fliegengewicht wie Sie ein Schwergewicht wie mich ins Wanken bringt? Ich werde Ihnen jetzt eine gehörige Lektion erteilen, Bürschchen!", entgegnete Seehamster und zog seinen Degen.

Die Klinge des Gouverneurs traf auf die Klinge des Studentenführers und es entbrannte ein erbittertes Duell. David ging sofort in die Offensive und zwang Seehamster mit forschen Schlägen ein paar Schritte zurückzuweichen, doch Seehamster parierte geschickt und ging zum Gegenangriff über. Plötzlich hatte David die Klinge seines Gegners an der Kehle.

„Du bist geschlagen, Bürschchen! Ergib dich, oder stirb!", sprach Seehamster.

David ließ seinen Säbel fallen und nahm die Hände hoch.

Seehamster grinste breit, doch dann schrie er plötzlich auf, warf seinen Degen weg und fasste sich mit beiden Händen an den Hintern.

David war zunächst irritiert, doch als sich Seehamster vor Schmerz krümmte, sah er, dass in dessen linker Pobacke ein Pfeil steckte.

Daraufhin schaute sich David nach dem Schützen um und sah an Deck des von Abrakorn kommandierten Schiffes den Elfenprinz Legohas mit seinem Bogen stehen. Der Elf winkte David zu.

David winkte zurück und rief: „Guter Schuss, Legohas!"

Seehamster versuchte den Pfeil herauszuziehen, doch dabei verlor er das Gleichgewicht und fiel über die Reling ins Meer.

Als die Matrosen der BSU bemerkten, dass ihr Kapitän nicht mehr bei ihnen war, ließen sie ihre Waffen fallen und ergaben sich.

David hob seinen Säbel auf, streckte ihn empor und rief: „Es lebe die Revolution!"

Das Feuergefecht zwischen Abrakorns Schiff und dem Kanzlerschiff war noch in vollem Gange.

Die TDU war mit mehr Kanonen bestückt und hatte Abrakorns Schiff inzwischen so schwer beschädigt, dass es zu sinken drohte.

Die Kanzlerin stand grinsend neben Kapitän Putenzwerg und sagte: „Es sieht ganz danach aus, als könnte die Opposition unseren schlagkräftigen Argumenten nicht länger standhalten. Noch eine Kanonenladung und wir haben die Debatte gewonnen."

Auf einmal krachte es heftig und die TDU geriet ins Wanken. Die Kanzlerin verlor das Gleichgewicht und fiel zu Boden. Als sie wieder aufstand, erkannte sie, dass die FTP die TDU gerammt hatte. Außerdem sah sie, dass niemand am Ruder der FTP stand.

„Das glaube ich nicht! Wo ist denn dieser vertrottelte Guido Lästerquelle?!", schrie die Kanzlerin.

Guido und Jack hatten ihren Kaffeeklatsch bereits beendet und lagen zusammen in Guidos Bett.

„Was hat denn da gerade so gekracht?", fragte Guido.

„Das war sicher nichts Wichtiges. Bei einer Seeschlacht kann es manchmal laut werden", erklärte Jack.

In diesem Augenblick kam Flipps hereingestürmt.

„Ihr seid noch nicht dran, Mister Flipps!", ermahnte ihn Jack.

„Ich wollte nur Meldung machen, dass wir die TDU mit der FTP gerammt haben. Beide Schiffe sind schwer beschädigt und wir müssen von Bord, bevor die FTP untergeht!", entgegnete Flipps.

„Was? Mein Schiff geht unter?", fragte Lästerquelle schockiert.

„Beruhige dich, Guido! Wir nehmen dich einfach mit auf die Pink Pearl. Bei uns wirst du dich ganz gewiss wohl fühlen", sagte Jack.

David, der indessen das Ruder der BSU übernommen hatte, steuerte das Schiff direkt auf die TDU zu und rammte sie von der anderen Seite. Nach dem Zusammenstoß stiegen er und seine Leute in die Boote und ruderten zu ihrem gekaperten Piratenschiff zurück.

Das von zwei Seiten gerammte Kanzlerschiff war nun im Sinken begriffen. Angela Ferkel stand fassungslos auf der Brücke und sah zu, wie ihre Leute ins Meer sprangen, während Abrakorn noch eine letzte Kanonenladung auf ihr Schiff abfeuern ließ. Der Hauptmast wurde getroffen und krachte knapp neben der Kanzlerin auf die Brücke.

„Frau Ferkel, wir sinken! Wir müssen das Schiff aufgeben!", rief Putenzwerg und sprang gleich darauf über Bord.

Doch die Kanzlerin stand wie versteinert da und murmelte verstört vor sich hin: „Das ist unmöglich. Ich habe noch nie eine Debatte verloren." Sie ließ die Mundwinkel sinken, formte die Hände zu einer Raute und ging mit ihrem Schiff unter.

Die Rebellen brachen in euphorischen Jubel aus. Kronprinz Abrakorn sprach feierlich: „Die Gerechtigkeit hat gesiegt und die Tyrannei ist zu Ende. Nun beginnt eine Ära der Freiheit und des Wohlstands für alle..."
„Schaut mal da vorn!", rief Gimply dazwischen.
Alle Anwesenden schauten in die gezeigte Richtung und entdeckten ein schnell näher kommendes Schiff.
Abrakorn betrachtete die rote Flagge des Schiffes, auf der ein weißes, rundes Feld und darin ein schwarzer Smiley mit Nasenbärtchen zu sehen war.
„Oh weh! Das Wappen der Nasalsozialisten!", rief Abrakorn.
Als er sein Fernrohr auf das Deck des Schiffes richtete, erblickte er dort glatzköpfige Trolle in Bomberjacken und am Ruder keinen Geringeren als Adolf Sauronius Fickler höchstpersönlich.
„Es ist der Jodler!", rief Abrakorn entsetzt.

Auf dem nasalsozialistischen Schlachtschiff herrschte ausgelassene Urlaubsstimmung und die angetrunkenen Trolle sangen vergnügt:

„Eine Seeschlacht, die ist lustig. Eine Seeschlacht, die ist schön.
Denn da kann man mit dem Jodler baden gehen."

„Nein! Nein! Nein! Ganz falsch!", schimpfte der Jodler. „Wir wollen nicht baden gehen! Wir wollen, dass unsere Gegner baden gehen!"
„Ach so! Stimmt. Da haben wir was durcheinander gebracht", sagte der Troll-Hauptmann.

Rammgalf, der noch immer auf der Brücke der Pink Pearl stand, hatte das Jodlerschiff inzwischen auch gesichtet und warnte Jack, der mit Guido Lästerquelle als Beute auf die Pearl zurückgekehrt war, vor der Gefährlichkeit dieses unerwarteten Feindes.
Aber Jack meinte gelassen: „Gegen drei Schiffe hat dieser Jodler keine Chance. Wir werden sein Schiff einfach ins Kreuzfeuer nehmen."

„Das scheint mir auch die beste Taktik zu sein. Aber seid auf der Hut, Kapitän! Der Jodler hat möglicherweise eine Geheimwaffe", mahnte Rammgalf.

Kaum hatte der Zauberer diese Worte gesprochen, da nahm der Jodler von seinem Troll-Hauptmann ein Megafon entgegen und jodelte mit aller Kraft hinein.

Die verstärkten Schallwellen erfüllten die ganze Bucht und bewirkten, dass auf allen Schiffen getanzt wurde. Jack und Guido tanzten einen Reigen, in den alle Piraten einstimmten. Auf Abrakorns Schiff wurde Schuhplattler getanzt und die Schüler und Studenten, die definitiv keine Ahnung von bajuwarischen Volkstänzen hatten, probierten alle möglichen Tanzschritte aus, wobei sie ununterbrochen stolperten und sich gegenseitig auf die Füße traten.

Die glatzköpfigen Trolle tanzten ebenfalls, doch im Gegensatz zu allen anderen konnten sie auch tanzend die Kanonen laden.

Sie feuerten auf die Pink Pearl und die tanzenden Piraten waren außer Stande, das Feuer zu erwidern.

Selbst Rammgalf geriet unter den Bann des Jodlers und versuchte sich im Schuhplattlern. Dabei stolperte er über seine Robe und verlor im Hinfallen auch noch seinen Stab aus der Hand.

Nur Gimply führte einen einwandfreien Schuhplattler auf und jodelte kräftig mit, bis er über Rammgalfs Stab stolperte und mit dem Hintern auf den Planken landete.

Die Trolle feuerten eine weitere Kanonenladung auf die Pink Pearl, deren Besatzung unaufhörlich weitertanzte.

Captain Spanking rief: „Meister Rammgalf, unternehmt etwas gegen diesen Jodler-Fluch! Wenn wir nicht bald mit diesen albernen Tanz-verrenkungen aufhören und zurückfeuern können, werden wir auf dem Grund des Meeres enden!"

„Ich bin machtlos dagegen!", erwiderte Rammgalf verzweifelt.

Die Lage schien hoffnungslos, doch dann geschah etwas gänzlich Unerwartetes. Als der Wind sich drehte und nun von der Pink Pearl zum Jodlerschiff hinüber wehte, bekam der Jodler einen Niesanfall. Kaum war das Gejodel verstummt, war der Bann gebrochen.

„Was war das für ein Hexenwerk?", fragte Jack Spanking.

Rammgalf hob seinen Stab auf und sprach: „Das war die Macht des Jodlers. Anscheinend ist ihm jetzt die Puste ausgegangen. Wir sollten sein Schiff schnellstens versenken, bevor er wieder zu Atem kommt." Flipps meldete darauf: „Das ist leider nicht möglich. Wir haben im Tanzrausch sämtliche Kanonenkugeln über Bord geworfen."

„Trollrotz und Drachenscheiße!", fluchte Rammgalf.

Dann schaute er abwechselnd zu Abrakorn und David hinüber und fragte, wie es auf ihren Schiffen stand, doch leider waren auch dort alle unter den Bann des Jodlers geraten und hatten sämtliche Kugeln ins Meer geworfen.

„Wenn wir keine Kugeln mehr haben, dann müssen wir das Jodler-schiff eben entern", sprach Captain Spanking.

„Aber zuvor sollten wir herausfinden, warum der Jodler nicht mehr jodelt", sagte Rammgalf und nahm das Fernrohr.

Damit beobachtete er, wie Adolf Fickler abwechselnd nieste und sich die Nase putzte, während die Trolle besorgt um ihn herumstanden.

„Nanu! Anscheinend ist der Jodler erkältet", sagte Rammgalf.

Doch dann fiel ihm wieder ein, dass Adolf Fickler in hohem Grade gegen Homosexualität allergisch war.

„Ah natürlich! Der guten Fee sei Dank! Wir können den Jodler auch ohne Kanonen besiegen!", rief Rammgalf.

„Und wie?", fragte Jack verwundert.

„Lasst Eure Männer miteinander schmusen!", erwiderte Rammgalf.

Jack schaute Rammgalf und großen Augen an und sagte: „Ich denke, das ist nicht der richtige Zeitpunkt für Zärtlichkeiten."

„Vertraut mir, Captain! Das ist der perfekte Zeitpunkt für Zärtlich-keiten."

„Wie Ihr meint", sagte Jack achselzuckend und erteilte den Befehl zum Schmusen.

Die schwulen Piraten kuschelten sich eng aneinander, küssten sich und fummelten aneinander rum.

Die geballte Homo-Erotik, die nun über der Pink Pearl in der Luft lag, wehte zum Jodlerschiff und bewirkte, dass nun auch die Trolle kräftig niesen mussten, denn auch sie waren allergisch gegen Schwule, nur nicht so stark wie der Jodler.

Jack spähte durch sein Fernrohr und sagte erstaunt: „Unsere Gegner sind anscheinend kampfunfähig. Das ist dann wohl jetzt der richtige Zeitpunkt zum Entern."

Rammgalf stimmte zu, doch noch ehe Jack das Kommando geben konnte, änderte der Wind erneut seine Richtung.
„Oh weh! Der Wind hat sich gedreht", sagte Jack beunruhigt.
„Das haben wir gleich", sagte Rammgalf.
Er hob seinen Stab und sprach die Zauberformel:

„Der Adolf war ein böses Kind.
So strafe ihn ein schwuler Wind!"

Daraufhin drehte sich der Wind erneut und blies nun wieder in die gewünschte Richtung.

Der Jodler hielt es an Deck nicht länger aus. Er flüchtete in seine Kajüte und durchwühlte dort hastig eine Kommode. Schließlich fand er sein anti-allergenes Nasenspray und benutzte es.
„Nun werde ich diesen verfluchten Schwuchteln etwas vorjodeln, dass ihnen das Schwulsein vergeht!", knurrte Fickler.
Wild entschlossen ging er zurück an Deck und jodelte dort aus voller Kehle.
Sämtliche Schiffsbesatzungen in Hörweite gerieten sogleich wieder in seinen Bann.
„Es geht schon wieder los! Was sollen wir dagegen tun?", fragte Jack.
„Beten, dass Billy und Frohodio ihr Ziel erreichen, bevor es für uns zu spät ist", antwortete Rammgalf.

Billy und Frohodio wanderten, geführt von Ernst August, durch die dunklen Höhlengänge des Rumpelberges.
„Wie weit ist es noch?", fragte Billy.
„Nicht mehr weit. Wir sind fast am Ziel", antwortete Ernst August.
Vor der nächsten Biegung blieb er stehen und sagte: „Dieser Weg führt geradewegs zum Schlot des Vulkans. Ich warte hier auf euch. Mir ist es dort vorne zu heiß."
Billy ging mit seiner Taschenlampe voran und Frohodio folgte ihm.
„Mir kommt es eher so vor, als würde es hier kühler werden", meinte Billy nach einer Weile.
„Geht mir auch so", sagte Frohodio.
Billy blieb ruckartig stehen, als er vor sich ein riesiges Spinnennetz erblickte, welches den Weg blockierte.

177

„Schau dir das an, Frohodio!", rief Billy.

„Igitt! Ein riesiges Spinnennetz! Ich glaube, das Rumpelstilzchen hat uns in die Irre geführt", sagte Frohodio.

„Na, der Wicht kann was erleben! Lass uns umkehren!", sprach Billy. Doch als sie sich umwandten und den Rückweg antreten wollten, erblickten sie eine schwarze Riesenspinne, die mit ihren acht haarigen Beinen auf sie zukam.

„Iiiih, ich hasse Spinnen!", kreischte Frohodio.

Das bedrohliche Untier kam näher und das riesige Netz hinter ihnen versperrte den Halblingen ihren einzigen Fluchtweg.

„Oh nein! Was machen wir jetzt?", fragte Frohodio zitternd.

„Wir sitzen in der Falle!", rief Billy, dem kein Ausweg einfiel und der es nun erstmals selbst mit der Angst zu tun bekam.

In dieser verzweifelten Situation wuchs in Frohodio der unwiderstehliche Drang, die Macht des Jodlerringes einzusetzen. Wie damals im Meditationslager vernahm er in seinem Geist die Stimme des Rings: *„Frohodio, steck mich schnell an deinen Finger! Ich kann dich vor der Spinne schützen. Zögere nicht länger, Frohodio! Nur ich allein kann dich jetzt noch retten!"*

Frohodio gab dem Drängen des Ringes nach und steckte ihn an. Diesmal rief das magische Schmuckstück keine Taubheit hervor, sondern weckte in Frohodio die unbändige Lust zu jodeln – und so legte der Halbling los.

Billy schaltete sein Hörgerät ab und blieb verschont, aber die Spinne begann mit ihren acht Beinen zu tanzen.

Währenddessen feuerten die Trolle weiter auf die Piratenschiffe, deren Mannschaften sich nicht wehren konnten, da sie alle unter dem Bann des Jodlers standen. Doch plötzlich hörte er zu jodeln auf und der Bann zerbrach.

„Was ist los, mein Jodler?", fragte der Troll-Hauptmann.

„Ich weiß nicht. Ich fühle mich auf einmal so schwach, als hätte mir jemand meine gesamte Zauberkraft geraubt", klagte Fickler.

Er versuchte erneut zu jodeln, doch brachte er nur völlig unmusikalische Laute hervor, die keinerlei magische Wirkung hatten.

Frohodio jodelte fröhlich weiter und ließ die Spinne rückwärts durch den Tunnel tanzen. Er folgte ihr und ließ sich von dem tanzenden

Untier zum Schlot des Vulkans führen. Bei der nächsten Biegung tanzte sie in einen spürbar wärmeren Gang hinein, an dessen Ende ein schwacher, rötlicher Lichtschein zu sehen war. Frohodio vermutete, dass der Schein von der glühenden Lava kam – und so war es auch. Als die Spinne den Schlot erreicht hatte, sprang sie in den Lavadom und verbrannte.

Frohodio, der daraufhin sein Gejodel beendete, blieb am Ende des Ganges stehen und schaute in den feurigen Schlund hinab.

Billy, der seinem Neffen gefolgt war, schaltete sein Hörgerät wieder ein und sprach: „Gut gemacht, mein Junge! Jetzt musst du den Ring nur noch ins Feuer werfen und wir haben unsere Mission erfüllt."

Doch Frohodio erwiderte: „Nein, der Ring gehört mir! Ich bin der neue Jodler und ich werde nun die ganze Märchenwelt erjodeln!"

Billy war schockiert. So hatte er seinen Neffen noch nie erlebt. Doch ehe er etwas sagen konnte, stürmte Ernst August heran und stürzte sich auf Frohodio. Er prügelte auf den überrumpelten Halbling ein und zog ihm den Ring vom Finger.

Danach steckte er ihn an seinen Finger und sprach berauscht zu sich selbst, während er in die Flammen blickte: „Jetzt bin ich der Jodler. Und jetzt werde ich endlich bekommen, was mir zusteht."

„Darauf kannst du Gift nehmen, Ernst-August!", rief Billy und gab dem Wicht einen kräftigen Tritt in den Hintern.

Ernst August stürzte mit dem Ring des Jodlers die Klippe hinab in den feurigen Abgrund. Als der Ring auf die siedende Lava traf, stieg eine Flammensäule auf und der ganze Berg erzitterte.

„Nichts wie weg hier!", rief Billy und rannte gefolgt von Frohodio, der nun wieder normal war, durch die Höhle in Richtung Ausgang.

Adolf Sauronius Fickler spürte einen stechenden Schmerz in seiner Brust, lief purpurrot an und explodierte schließlich mit einem lauten Knall.

Die glatzköpfigen Trolle, denen die blutigen Fetzen ihres geplatzten Idols um die Ohren flogen, gerieten in Panik und sprangen allesamt über Bord.

„Was ist denn auf dem Jodlerschiff los?", fragte Jack verwundert.

Rammgalf, welcher die dortigen Vorgänge durch Jacks Fernrohr beobachtet hatte, antwortete freudig: „Der Jodler ist soeben explodiert.

Anscheinend haben es Billy und Frohodio geschafft, seinen Ring in den Krater des Rumpelberges zu werfen. Hoffentlich konnten sie noch entkommen, bevor der Vulkan ausgebrochen ist."

In diesem Augenblick öffnete sich an Deck der Pink Pearl ein Portal und ein bunt lackierter Trabbi mit Taxischild fuhr heraus.

Billy und Frohodio stiegen aus und wurden mit überschwänglicher Begeisterung empfangen. Der Kampf für die Freiheit war gewonnen und auf allen drei Schiffen herrschte ausgelassener Siegestaumel.

Epilog:

Nach der Schlacht von Tortilla reisten die siegreichen Revolutionäre durch ein von Rammgalf geöffnetes Weltentor zurück in ihr Land und ihre Zeit.
Gemeinsam zogen sie in einem Triumphzug durch die Straßen von Berlinad-Dur bis zum Kaiserpalast. Dort krönte Rammgalf Abrakorn zum neuen Kaiser, woraufhin Abrakorn Rammgalf zum neuen Reichskanzler ernannte.

Die hochrangigen Politiker, die mit Angela Ferkel gemeinsame Sache gemacht hatten, wurden nach ihrer Rückkehr zu einer Bewährungsstrafe verurteilt und bekamen die Auflage, ihr Geld fortan auf ehrliche Weise zu verdienen.
So gründete Franz-Walter Schweinmeier einen Spielzeugladen mit einem großen Sortiment an unsinkbaren Plastik-Kriegsschiffen und Karl-Theodor zu Putenzwerg eröffnete einen Copy-Shop direkt neben dem Reichstag.
Guido Lästerquelle war ohnehin im Piratenzeitalter geblieben und hatte dort die Schwulenbar von Tortilla übernommen.
Edmund Staubwedel und Horst Seehamster gründeten zusammen mit dem Studentensprecher David Unruh, der nun als ihr Bewährungshelfer fungierte, eine Rock-Band, die im Reichstag ihren ersten großen Auftritt hatte.

Rammgalf stand am Rednerpult und sprach: „Liebe Freunde! Gleich kommt eine wahrhaft außergewöhnliche Rock-Band zu uns. Bühne frei für die *Lustigen Reichstagsrocker!*"
Rammgalf verließ die Bühne und nahm auf seinem Stuhl rechts neben Kaiser Abrakorn in der Mitte der ersten Reihe Platz.
Billy, Frohodio, Legohas und Gimply saßen als Ehrengäste ebenfalls in der ersten Reihe.
Das Publikum applaudierte und die Musiker kamen herein.

David Unruh setzte sich ans Schlagzeug, Horst Seehamster nahm die E-Gitarre und Edmund Staubwedel trat ans Rednerpult und sang ohne zu stottern:

„Ein gutes Bier fürs gute Leben,
Danach lasst uns alle streben!
Wir trinken auf das Vaterland,
Denn dafür sind wir weltbekannt!

Teutomania alles Heil!
Im Reichstag sind die Feste geil!
Denn dort feiert jedermann,
Wie es nur ein Kobold kann!

Auch im Landtag wissen wir zu saufen
Und nackte Weiber zu gebrauchen!
Doch bleiben uns dort die Weiber aus,
So feiern wir halt im Hofbräuhaus!"

Das Publikum klatschte tosenden Beifall und ein paar kreischende Politikerinnen aus der zweiten und dritten Reihe warfen ihre Büstenhalter auf die Bühne.

Nach diesem phänomenalen Auftritt witterte Billy Beutelschneider ein Millionengeschäft und bot sich der Band als Manager an. Als solcher verhalf er den Reichstagsrockern zum internationalen Durchbruch.
Die Karriere der Reichstagsrocker endete jedoch schon nach zwei Monaten mit dem tragischen Tod von Horst Seehamster und Edmund Staubwedel, die sich auf einer Bunga-Bunga-Party des italikischen Staatschefs Silvio Spermaconi zu sehr verausgabten.
Nach ihrem Tod kamen beide in die Hölle und sahen dort bei ihrer Ankunft, wie der Teufel aus einem Fenster seiner schwarzen Festung in hohem Bogen hinausflog.
Horst und Edmund dachten sich, dass da wohl gerade ein hoher Posten freigeworden war, und jeder von beiden fasste spontan den Entschluss, für das Amt des Fürsten der Finsternis zu kandidieren.
So gingen sie beide voller Zuversicht in die Höllenburg, doch als sie den Thronsaal betraten, erstarrten sie vor Schreck, denn auf dem Thron des Teufels saß Angela Ferkel.
Die neue Fürstin der Finsternis schaute diabolisch grinsend auf ihre alten Parteifreunde herab und sprach: „Willkommen in der Hölle!"